KB063426

어른도 함께 쓰는
어린이 감정일기

어른도 함께 쓰는 **어린이 감정일기**

글 조연주

어린이 감정으로
세상을 바라보는 법
숨은 감정과 욕구를 찾아라!

지상한사다

낯설어진 어린 시절로
우리를 초대해 주는 존재

"솔직히 말하자면 차라리 운전대를 못 잡던 어릴 때가 더 좋았었던 것 같아. 그땐 함께 온 세상을 거닐 친구가 있었으니."

제가 자주 흥얼거리는 〈신호등〉이라는 노래 가사의 일부입니다. 여러분은 어릴 때가 더 좋았었다고 생각할 때가 있나요? 그때를 떠올리면 소소한 놀이에 마음껏 즐거워하며 별거 아닌 것에도 까르르 웃다가, 또 뭐가 그리 속상한지 작은 일에도 툭하면 울던 장면들이 떠오릅니다. 어린 시절을 회상하면 그때의 감정이 오롯이 살아나는 것 같습니다.

우리는 모두 어린이였습니다. 그 기억이 조금씩 희미해져 가더라도 어른들은 어린 시절을 추억하며 웃음 짓고 때로는 상처받았던 경험을 꺼내기도 합니다. 우리가 지금 경험하고 있는 것은 미화된 어린 시절의 사건과 감정들을 통해 걸러진 것입니다. 과거에 경험한 유사한 감정들과 단절되면 지금 어떤 감정도 느낄 수 없습니다. 어린 시절은 어린이 자신이 스스로 만들어가는 부분보다 어른에 의해 만들어지는 부분이 많습니다. 어린이를 어떤 마음과 눈길로 바라보는지 생각해 보면, 그 마음이 곧 어린 시절의 나를 떠오르게 합니다.

청년과 일반 성인을 대상으로 시작했던 〈감정일기〉 강의가 어느새 초중고 학생들과 대학교, 공무원, 교사, 기업까지 폭이 넓어졌습니다. 그중에서 제가 가장 많이 배우는 시간은 어린이들과 함께하는 시간이었습니다. 감당하기 힘들 정도로 넘치는 에너지, 끊이지 않는 호기심, 언제나 앞뒤 없이 갑자기 쏟아내는 기상천외한 질문들로 진땀을 빼고 할 말을 잃을 때도 많았습니다. 관심과 사랑을 갈구하면서도 독립된 인격체로 인정받고 싶어 하는 아이들을 볼 때마다 까맣

게 잊고 지냈던 어린 시절이 떠오르곤 했습니다. 제가 어린 이라고 상상하며 그들의 시선으로 보고 느끼는 감정에 집중 해 본 후 깨달았습니다. 어린이는 낯설어진 어린 시절로 우리를 초대해 주는 존재였습니다. 가면을 쓰고 살아가는 게 익숙하고, 생소한 감정에 어린 시절을 마음껏 들여다보지 못하는 어른들의 심정을 이해하듯 자꾸만 감정을 깨워주었습니다.

어린 시절을 그리는 어른을 위한 음악이라고 작곡 의도를 밝힌 슈만의 '어린이 정경', 어른들을 위한 그림책과 동화책, 어린이 대상으로 만든 애니메이션이지만 정작 그 속에 숨겨진 심리적 배경은 성인이었던 〈인사이드 아웃〉 등 어린이의 시선으로 만들었지만, 어른들이 공감하는 것을 보면 더욱 깊고 진한 울림을 전해 줍니다. 영화 〈가위손〉과 〈배트맨〉, 〈찰리와 초콜릿 공장〉, 〈이상한 나라의 앨리스〉 등을 연출한 팀 버튼 감독은 '나의 영감은 어린 시절 감정'이라고 말합니다. 동화와 현실 사이를 오가는 그의 작품이 어디에서 시작된 건지 짐작할 수 있을 것 같습니다.

어른들이 어린이처럼 되기 위해 노력할 순 있지만, 어린이들을 어른처럼 만들 수는 없습니다. 어른이라고 하루아침에 어른이 된 것이 아닙니다. 생애 발달과정에서 여러 가지 시행착오를 겪으며 어른이 됐습니다. 그러나 어른들도 여전히 좌충우돌하며 자신의 감정을 다스리지 못합니다. 아이들의 순수하고 솔직한 감정표현은 어른들에게 이미 밟고 지나간 자신의 발자국을 돌아보게 합니다. 저는 어린이였던 제 모습을 비춰보면서 다른 어린이들을 생각합니다. 그러면서 제가 어린이들에게 어떤 어른인지에 대해서도 생각했습니다. 아이들은 어른과 소통하는 것을 힘들어하고, 어른들은 아이들과 소통하는 게 힘들다고 합니다. 그래서 어른들이 어린이들의 세계를 인정하지 않고 보호와 교육의 대상으로만 바라보는 건 아닌지 되돌아보았습니다.

책 속에 등장하는 아이들의 감정일기는 실제 이름과 아이들이 쓴 그대로 실었습니다. 제가 이름은 가명으로 쓰겠다고 했을 때, 아이들이 말했습니다.

"우리 이름을 왜 다른 사람 이름으로 써요?"

"책은 우리를 모르는 사람들도 다 읽을 수 있거든. 그런데 이름이랑 감정일기가 다 밝혀지면 창피하다고 느끼는 사람도 있을 수 있잖아. 그래서 개인정보는 보호해 주려고 그러는 거야."

"그래도 그건 그 사람이 쓴 게 아니잖아요. 가짜 이름이잖아요."

"선생님이 감정일기에서는 솔직한 게 제일 좋다고 했잖아요."

"감정은 나쁜 게 아니라고 했잖아요."

"맞아요. 제 이름으로 써주세요."

"저도요! 저도 제 이름으로 써주세요."

예상하지 못했던 아이들의 말을 듣는 순간, 부끄러웠습니다. 수업할 때마다 '솔직함'에 대해 그렇게 강조해 놓고 오히려 아이들을 '보호'해 준다는 핑계로 숨으라고 했으니까요. 떳떳하지 못할 게 없는 아이들은 자기 이름으로 써달라며 강력하게 주장했습니다. 아이들의 의견을 존중하기로 했습니다. 감정일기 역시 수정하지 않고, 아이들의 감정을 생생하게 담기 위해 그대로 실었습니다. 문법이 맞지 않거나 어색한 문장은 수정하고 싶은 마음도 있었지만 왠지 아이들의 감정을 훼손하는 느낌이 들었습니다. 어른들이 읽기엔 아이들의 감정일기가 너무 유치하고 단순할지도 모릅니다. 그러나 세상 모든 진리는 단순합니다. 진실은 단순하고 거짓은 복잡합니다. 단순할 때 메시지에 힘이 있다는 것을 아이들의 감정일기를 읽으며 느꼈습니다.

어른들은 어린이들의 감정을 이해하면 어린 시절의 나와 잘 지낼 수 있고, 어린이로 남아있는 내 안의 또 다른 자아와 만나는 기회가 될 수 있습니다. 아무 이유 없이 생떼를 부려도, 친구와 사소한 다툼을 하고 싸워도, 형제자매에 대한 질투심에 사랑을 갈구해도 모든 게 용인되던 그때를 떠올려 보세요. 어린 시절을 떠올린다는 것은 단순한 시간의 회귀가 아니라 작은 행복에 날아갈 듯 기뻐하고 사소한 슬픔에 마음껏 울 수 있었던 자신의 모습이 그리운 것일지도 모릅니다. 타인의 시선에 구애받지 않고 자신의 감정에 솔직했던 '나'라는 어린이에게 이제는 어른이라는 이유만으로 너무나 혹독한 잣대를 대고 있는 것은 아닐까요. 어른이라면 당연히 견뎌야 한다는 사회적 압박에 마음은 곯아갑니다. 고단한 삶을 살아가기 위해 버티는 어른들에게 감정일기는 어른이라는 무게를 잠시나마 내려놓고 온전히 어린 나에게만 집중할 수 있는 도구가 되어줄 것입니다.

작은 바람이 있다면 감정일기를 쓰는 동안만큼은 모든 어른이 철없는 어린이처럼 자신의 감정을 마음껏 쏟아내는 시간이 되길 바랍니다. 『내 마음도 모른 채 어른이 되었다』의 저자 로베르토 리마 네토는 "인간은 성장해야 하기에 영원히 어린이로 있을 수 없다. 우리가 할 수 있고 해야 하는 것은 어린이처럼 되는 것"이라고 말합니다. 우리에겐 의식을 상실하지 않고 다시 어린이처럼 되돌아가는 시간이 한 번쯤 꼭 필요합니다. 어린 시절의 나를 마주 보는 것부터 변화는 시작됩니다. 그 시간을 통해서 내가 어떤 어른이 되고 싶은지도 알게 됩니다.

저는 아이들 감정일기 수업을 하면서 어린이조차 알아차리지 못했을 그들의 마음과 무의식을 위로하고 공감해 주는 어른이 되고 싶다고 생각했습니다. 자기감정의 모든 답은 결국 자신에게 있고 해결도 자기가 해야 하지만, 적어도 어린이들의 감정을 존중해 주는 어른이 되어야겠다고 다짐해 봅니다. 이 세상의 어린이와 어른들의 마음속에 존재하는 어린이가 모두 존중받고 환영받는 소중한 존재가 되길 바랍니다.

2024년 5월에
어린이 마음을 담아
조연주

차례

*1*장   감정일기가 필요한 이유
어른과 함께 쓰는 어린이 감정일기

2장 관찰력
어린이 감정으로 세상을 바라보기

3장 표현력
내 안의 어린이 불러내기

6장 감수성
내 안의 어린이와 화해하기

감정일기가 필요한 이유
어른과 함께 쓰는
어린이 감정일기

내 마음의
안전기지

감정일기 강의를 하면서 항상 받는 질문이 있습니다.

"감정일기와 그냥 일기의 차이점이 뭐예요?"
"감정일기를 쓰는 이유가 뭐예요?"
"감정일기를 쓰면 뭐가 좋아요?"

우리가 보통 생각하는 일기는 그날 겪은 일이나 생각, 느낌 등을 자유롭게 기록하는 것입니다. 대부분 초등학교 때 숙제로 썼던 일기를 떠올리는 사람이 많습니다. 반면 감정일기는 자신의 감정에 집중해서 감정 단어를 활용하여 쓰는 것을 말합니다. 가장 큰 차이점은 어디에 '집중'하느냐입니다. 감정일기는 오늘 하루 있었던 일들을 단순히 나열하는 '일지'가 아니라 자신이 생각하고 겪은 일에 대한 '감정'에 집중해서 쓰는 것입니다.

그럼 감정일기를 쓰는 이유는 뭘까요? '감정적 폭로' 또는 '표현적 글쓰기'로 설명할 수 있는 감정일기는 정신적, 신체적으로 치유할 수 있는 잠재력이 있습니다. 감정일기가 건강상의 이점을 잠재적으로 가져오는 것은 감정적 카타르시스에 대한 것인데, 이는 눈에 보이지 않는 감정을 '가슴에서 꺼내는 행위' 자체로 강력한 치료제가 됩니다.

현대 사회는 남녀노소 가리지 않고 정신 건강이 위협받고 있습니다. 우리가 겪는 정신적인 문제 중 많은 부분을 차지하는 것은 감정과 생각을 처리하지 못하고 그대로 쌓아두기 때문에 발생합니다. 해결되지 못한 억압된 모든 감정과 생각을 털어놓고 한 걸음 뒤로 물러서서 생각하는 과정에서 상처가 치유되고 회복의 길로 들어설 수 있습니다. 감정이 표현되면서 생각이 정리되고, 전체 상황을 되돌아보면서 다른 관점으로 문제를 바라보는 객관적 사고가 이루어지기 때문에 감정일기는 치료적인 힘을 갖습니다.

이와 더불어 중요한 것은 감정일기는 마음의 안전기지가 되어줍니다. 우리는 다양한 일을 경험하면서 각자 스트레스 상황에 놓이게 됩니다. 그럴 때 사람들은 자연스럽게 자기를 지지해주고 도움을 줄 수 있는 누군가를 찾습니다. 인간은 필요한 시기에 사회적 지지를 받으면 스트레스를 대처하는 방법에 변화가 생기고, 감정을 효율적으로 조절할 수 있습니다. 특히 어린이들의 건강한 발달 과정에서 주변에 안정적이고 편안한 사람이 한 사람이라도 존재하는 것은 매우 중요합니다. 필요할 때 언제든 도움을 청할 수 있는 사람, 언제나 그 자리에 있어 주는 사람이 있다는 건 가장 따뜻하고 안락한 안전기지가 있다는 뜻이니까요.

영국의 심리학자이자 정신과 의사, 애착이론가인 존 볼비John Bowlby는 안전기지를 힘든 상황에서 쉴 수 있는 피난처라고 표현했습니다. 산행 중에 만나는 대피소와 같은 역할입니다. 지치고 힘든 상황을 마주했을 때 안심하고 편안하게 기대 쉴 수 있는 안식처가 되는 것이 안전기지입니다. 대체로 영아기에 부모와 맺은 애착 관계를 통해 가족이 안전기지가 되는 경우가 많습니다. 감정일기 수업에 참여했던 초등학교 3학년 하연이는 낯가림도 심하고 새로운 환경에 적응하는 게 어려웠습니다. 특히 새 학기만 되면 학교에 가기 싫다고 등교를 거부하는 날이 반복되면서 부모님과 하연이 모두 힘들어했습니다. 아직 감정을 제어하는 능력이 미숙한 아이들은 예측할 수 없는 새로운 환경에 놓이면 낯선 교실과 선생님, 낯선 친구들, 어렵게 느껴지는 공부에 대한 두려움, 불안, 부끄러움, 긴장감 등의 다양한 감정을 경험할 수 있습니다. 어떻게 도와줘야 할까 고민하던 부모님은 결국 하연이가 새로운 환경에 적응할 때까지 엄마가 학교에 데려다주고 끝나는 시간에 맞춰 데리러 오기로 했습니다.

하연이는 학교에 도착하면 교문 앞에서 엄마와 인사를 하고 힘없이 교실로 향했습니다. 그때마다 몇 번이고 뒤를 돌아보는 모습이 마음 쓰였지만, 엄마는 하연이가 교실에 들어가는 순간까지 웃으며 손을 흔들었습니다. 그렇게 며칠이 지난 후 하연이가 쓴 감정일기입니다.

초등학교 3학년 하연이의 감정일기

학교에 가는 게 싫었다. 선생님도 우리 선생님이 아니고, 지혜랑 같은 반도 아니다. 그런데 엄마가 계속 가야 한다고 해서 어쩔 수 없이 갔다. 학교 앞에서 엄마랑 헤어지고 교실로 가는데 엄마가 아직 날 보고 있는지 궁금해서 뒤를 돌아봤다. 엄마가 교문 앞에서 손을 흔들고 있었다. 또 뒤를 돌아봤다. 엄마는 거기서 계속 나를 보고 있었다. 엄마가 있어서 다행이었다.

새 학기 증후군이라는 말이 생길 정도로 새로운 학기가 시작되면 하연이처럼 학교에 가는 게 힘든 아이들이 있습니다. 하연이는 새로운 교실에 들어가는 게 두려웠다고 했습니다. 그런데 뒤를 돌아본 순간 엄마를 보고 안정감을 느꼈습니다. '엄마는 언제든 그 자리에 있다'라는 것을 느끼고 다시 발걸음을 떼어 교실로 향했습니다. 엄마는 하연이에게 안전기지의 역할을 했습니다. 이런 역할은 대부분 부모와 가족이 하게 되지만 여러 이유로 인해 가족이 건강한 안전기지를 제공할 수 없다고 해도 실망할 일이 아닙니다. 가족이 아니라도, 발달 과정의 민감한 시기를 지났어도 안전기지를 만들어 활용할 수 있습니다. 사회적 관계 속에서 찾을 수도 있고, 자신이 하는 일이나 좋아하는 물건, 의식적으로 하는 행위에서도 안전기지를 찾을 수 있습니다.

펜과 종이만 있다면 언제 어디서든 시작할 수 있는 감정일기는 누구에게나 마음의 안전기지가 되어줍니다. 내 마음의 안전기지가 있으면 나의 감정을 지킬 수 있습니다. 힘들고 지친 마음이 위로받을 쉼터 같은 곳이 있다는 편안함은 어린 시절 부모에게 느끼는 안정감과 비슷합니다. 산행 중에 대피소가 있다는 것만으로도 힘이 될 때가 있는 것처럼 마음속에 안락한 다락방 같은 공간을 만들어 놓으면 언제든 그곳으로 돌아가 쉬어갈 수 있습니다. 그런 순간을 위해 안전한 공간을 미리 찾아 자주 들여다보는 것이 필요합니다. 억지로 많은 글을 쓰지 않아도 괜찮습니다. 지금 이 순간 느껴지는 감정에 집중해서 마음 가는 대로 써보세요. 이렇게 일상의 안전기지는 여러분의 마음을 조금 더 편안하게 만들고 든든한 지지자가 되어줄 수 있습니다.

감정일기 쓰기 tip

✎ 내 마음의 소리에 귀 기울이기
✎ 나에게 힘이 되는 사람, 장소, 상황에 대해서 써보기

나를 비난하는 내면의 목소리에서 벗어나기

저는 오랜 시간 감정일기를 썼습니다. 감정일기를 쓰면 쓸수록 우리의 삶에 꼭 필요한 도구라는 생각이 들었습니다. 그래서 강의를 통해 많은 사람들에게 감정일기를 알려야겠다고 생각했습니다. 이러한 생각은 그동안 감정일기 수업에 참여했던 수강생들의 후기를 통해 더욱 확신을 갖게 되었습니다. 성인 수강생 대부분은 하나같이 입을 모아 말했습니다. '좀 더 빨리 알고 배웠으면 좋았을 텐데' '지금이라도 알게 돼서 좋지만 다른 사람들은 더 일찍 배웠으면 좋겠다' '학생들은 학교에서 이런 수업을 받아야 할 것 같다' '나는 늦게 알았지만, 우리 아이들은 지금부터 배웠으면 좋겠다'라는 말씀을 많이 하셨습니다. 그 이면에는 모두가 같은 마음이 있었습니다. '좀 더 일찍 배우고 감정일기를 썼다면 내가 나를 이렇게 힘들게 하진 않았을 텐데' '늘 자책하며 살아온 시간들이 꼭 그럴 필요는 없었던 것 같다' '왜 항상 내 잘못이라고만 생각하며 살았을까' '그동안 나를 돌보지 못하고 살아온 것 같다' '무조건 참기만 했던 게 좋은 건 아니었는데' '혹시 우리 아이들도 나처럼 살게 되는 건 아닐까 걱정된다'라는 마음이었죠.

우리는 어려서부터 부모와 학교, 사회로부터 이것밖에 못 하냐, 그럼 그렇지, 내가 너 그럴 줄 알았다, 그게 뭐가 힘드니, 지금보다 더 잘해야 한다, 제대로 좀 해라, 이런 말들을 끊임없이 들으며 자라왔습니다. 그리고 그들의 비난의 목소리는 어느새 우리 안에 깊숙이 자리 잡았습니다. 내면의 목소리로 굳어버린 비난의 말들은 이제 그들이 말하지 않아도 스스로 질책하고 비난하며 내 안에서 갈등을 일으킵니다. 물론 비난하는 내면의 목소리가 꼭 나쁜 것만은 아닙니다. 우리를 반성하게 하고 새로운 마음으로 무언가 해나갈 수 있도록 도움이 되기도 합니다. 하지만 너무 거세질 땐 심한 자책과 자괴감으로 그 어떤 일도 하지 못하게 가로막습니다.

성인들만의 문제가 아닙니다. 가끔 어린이들의 감정

일기를 읽으면서 놀랄 때가 있습니다. 벌써 비난하는 내면의 목소리가 강하게 자리 잡고 있어서 너무나 비관적인 감정을 표현하는 것을 보면 내사된 것 같아 안타깝습니다. 내사introjection는 상대의 가치관이나 욕구를 무비판적으로 받아들여 충분히 소화되지 못한 채 내면화한 것을 말합니다. 즉, 스스로 옳고 그른지 충분히 생각하지 않고 자신의 것이 되어버린 기준들입니다. 특히 부모와 가족처럼 중요한 타인으로부터 의식적, 무의식적으로 학습된 기준들은 무서운 모습으로 우리 안에 버티고 있습니다.

초등학교 4학년 도연이의 감정일기

나는 잘하는 게 하나도 없다. 부모님이 학원을 3군데나 보내주셨는데 공부도 못하고 태권도도 못하고 그림도 못 그린다. 그래서 돈이 아깝다. 그래도 부모님이 회사에 나가서 힘들게 벌어오는 돈으로 학원을 보내주시기 때문에 포기하면 안 된다고 했다. 잘하지 못해도 그냥 다녀야 한다. 그런데 그림을 잘 그리는 친구를 보면 기가 죽는다. 나는 왜 잘하는 게 하나도 없을까?"

초등학교 4학년인 도연이는 늘 자신감이 없고 부정적인 말을 많이 했습니다. 그 부정적인 말들은 대부분 자기 자신에 대한 이야기였습니다. 수학, 태권도, 미술 학원 모두 도연이가 원해서 다닌 곳은 한 곳도 없었습니다. 학원이 재미없다는 말을 했을 때 도연이가 부모님께 들었던 말은 "학원을 재미로 다니냐. 고작 몇 달 다녀놓고 왜 이렇게 참을성이 없냐. 네가 열심히 하면 재밌어지고 실력도 좋아진다."라는 말이었습니다. 그 이후로 도연이는 자신이 무언가 잘하지 못하면 '내가 열심히 하지 않았고 참을성이 없는 거야.'라고 생각했습니다. 그러나 그것은 진짜 부모의 목소리가 아닌 '그렇게 이름 붙여 저장된 나의 목소리'에 가깝습니다. 이렇게 내사된 나를 비난하는 내면의 목소리는 우리를 내내 따라다니며 힘들게 합니다. 나를 향한 비난은 타인보다 스스로일 때가 많습니다. 정신건강의학과 의사인 제임스 브라운James A. C. Brown은 실제 부모보다 내사된 부모가 훨씬 더 엄격하고 도덕적이라고 말합니다. 우리가 실수하는 순간마다 나를 비난하는 내면의 목소리가 소환됩니다. 그러면 우리는 또 내가 잘못했다는 죄책감을 느끼며 필요 이상으로 움츠러들고 작아집니다.

나를 비난하는 내면의 목소리에서 벗어나려면 어떻게

해야 할까요? 내사된 내면의 목소리는 힘이 셉니다. 그러니 그에 반하는 목소리에 힘을 실어줄 필요가 있습니다. 만약 주변에 자신의 흠이나 실수를 비난하지 않고 그저 일부의 모습으로 바라봐주는 사람이 있다면 긍정의 목소리를 얻을 수 있습니다. 그러면 나의 부족한 부분을 드러낼 용기가 생기고, 스스로에게 '지금 이대로도 괜찮다'라고 말할 수 있게 됩니다.

도연이에게는 그런 사람이 있었을까요? 여러분에게는 그런 사람이 있나요? 혹시 지금 곁에 그런 사람이 없어도 실망하지 마세요. 내면의 목소리에 좀 더 귀를 기울일 수 있는 마음의 여유가 생기면 다른 목소리도 들려옵니다. 나에게 보내는 다정한 목소리, 내 마음은 그런 게 아니라고 저항하는 목소리, 나의 진짜 욕구가 주장하는 목소리도 원래부터 우리 안에 있었습니다. 다만, 약했던 것뿐이에요. 그 목소리들을 좀 더 또렷하게 키워주면 됩니다. 우리 안에 다른 목소리가 있다는 것을 기억하세요. 나를 비난하는 내면의 목소리가 만들어질 수밖에 없었던 과거의 상황을 돌이켜 보며 나를 보듬어주고 조금씩 다른 목소리에도 근육을 붙여가면서 단단하게 만들면 됩니다. 내 안에는 여러 목소리가 있다는 사실을 잊지 마세요.

감정일기 쓰기 t i p

- 🖋 나 자신에게 어떤 태도로 이야기하고 있는지 생각해 보기
- 🖋 나에게 보내는 다정한 한마디 쓰기

마음을 탐색하고
상실을 위로하는
감정일기

　　가끔 어른과 어린이가 느끼는 감정을 완전히 분리해서 생각하는 사람들이 있습니다. 특히 부모님들이 그런 말씀을 많이 합니다. 아이들은 아직 어리니까 어른들이 느끼는 감정을 느끼지 못한다고 생각하거나 중요하지 않다고 치부해 버립니다. 대부분의 부모님들은 아이가 잘 먹고 건강한지, 신체와 지능 발달이 정상 수준인지 점검하며 걱정합니다. 하지만 정서 발달에는 관심도 적고 주의를 덜 기울입니다. 아이들은 정서 능력이 발달해야 스스로 감정을 조절할 수 있고, 타인의 감정도 이해하게 됩니다. 정서 발달은 그냥 놔두면 저절로 되는 것이 아니라 부모와의 교류 속에서 성장합니다.

아기는 태어날 때 울음을 터트리는 것으로 감정 표현을 시작합니다. 그리고 생후 4개월 이후에는 정서의 발달과 함께 자신을 위안하는 법을 배웁니다. 그래서 감정을 표현하고 상대방이 반응을 보여주기를 기대합니다. 즉, 사회성과 감정이 발달하는 것이죠. 개인의 성향과 환경 차이는 있겠지만 초등학생이 되면 웬만한 감정은 거의 다 느끼고 나름대로 표현할 수 있습니다.

〈어린이 감정일기〉 수업에서 가장 인상적이었던 감정이 '상실감'이었습니다. 일반적으로 상실감이라는 감정을 생각하면 힘든 일을 겪은 어른들의 감정으로만 생각하기 쉽지만, 아이들도 일상생활에서 크고 작은 상실을 경험하고 있었습니다. 상실의 대상은 가족, 친구, 반려동물, 직업, 돈, 대인관계 등 다양한 것들이 될 수 있습니다. 하지만 상실에 대한 반응과 각자 느끼는 고통은 사람마다 매우 다릅니다. 누군가에겐 반려동물을 상실하는 것이 그 어떤 상실감보다 클 수 있으며, 어떤 사람에게는 돈을 상실하는 것이 그 무엇보다 더 고통스러울 수도 있습니다. 아이들도 마찬가지로 상실감을 느낍니다. 하지만 어린이라는 이유로 상실의 감정을 이해받지 못하는 경우가 많았습니다.

초등학교 4학년 현지의 감정일기

늦어서 뛰어나가는데 동생이랑 서로 먼저 나가려고 부딪혀서 싸우다가 동생이 내 가방을 잡아당겼다. 갑자기 가방 실이 풀어지기 시작하더니 뚝 끊기는 소리가 났다. 나는 너무 화가 나서 동생에게 소리쳤다. 엄마는 그깟 가방 가지고 동생을 울렸다고 나를 혼냈다. 눈물이 날 것 같았다. 보라색 가방은 내가 제일 아끼는 가방이다. 용돈을 모아 다이소에 가서 실을 사고 유튜브를 보면서 내가 직접 만든 첫 번째 가방이었다. 선생님도 친구들도 보라색 가방만 메고 나가면 예쁘다고 했었다. 세상에 하나뿐인 가방이 동생 때문에 망가졌다. 너무 속상하다. 어떻게든 가방을 고쳐보고 싶다.

여러분은 현지의 감정일기를 읽고 어떤 감정을 느꼈나요? 혹시 아끼던 가방이 망가진 속상함과 엄마한테 혼나서 억울한 감정만 느껴졌나요? 현지는 가방이 망가진 것에 대해 단순히 속상함이 아닌 커다란 상실감을 느꼈습니다. 그 가방은 현지에게 사연과 추억이 있고 가장 아끼는 가방이었는데 예상치 못한 순간에 망가졌습니다. 그리고 망가진 가방을 어떻게든 고치고 싶어했죠.

초등학교 4학년 학생 22명에게 상실 경험에 대한 실태를 조사한 연구가 있습니다. 상실 대상이 가족, 친구, 물건 등 구체적인 애착 대상인 경우 물리적 상실과 심리적 상실로 구분했고, 상실 대상이 추상적인 경우는 능력에 관한 상실과 집단에 관한 상실로 나누어 조사했습니다. 상실 경험의 설문 내용은 아래 10가지 상실 경험 중에서 체크하도록 했습니다.

☐ 1. 아끼는 소중한 물건이 망가지거나 잃어버림

☐ 2. 친구와의 이별 (이사, 전학 등으로 먼 곳으로 떠나 만나기 힘들거나 만날 수 없음)

☐ 3. 가족이나 친척과의 이별(결혼, 이직, 죽음 등으로 먼 곳으로 떠나 만나기 힘들거나 만날 수 없음)

☐ 4. 소중했던 물건이 더 이상 소중하게 느껴지지 않음

☐ 5. 친구와 멀어짐(절교, 싸움, 재미없어짐 등)

☐ 6. 가족, 친척과 멀어짐(대화 부족, 싸움 등)

☐ 7. 잘 하던 일(성적, 운동, 악기 연주 등)을 전처럼 잘하지 못하게 되었음

☐ 8. 잘 하고 싶은 일(성적, 운동, 악기 연주 등)이 잘 되지 않음

☐ 9. 가족, 친구 무리에서의 따돌림을 당하거나 소외감을 느꼈음

☐ 10. 학교(학급), 학원에서 따돌림을 당하거나 소외감을 느꼈음

설문 결과 22명 중 18명이 1번 '아끼는 소중한 물건이 망가지거나 잃어버림'에 답한 것으로 나타났습니다. 구체적 애착 대상과의 물리적 상실을 가장 많이 경험한 것입니다. 초등학교 4학년 학생들의 상실 경험은 다양했지만, 상실감을 제대로 인지하지 못하고 적절히 표현하지 못했습니다.

어린이들 역시 상실감을 극복하기 위해서는 상실에 따른 애도 과정이 필요합니다. 고작 몇천 원짜리 실로 만든 가방 하나 망가졌다고 상실감, 애도 과정을 언급하는 게 의아할 수도 있습니다. 하지만 애도는 모든 의미 있는 상실에 대한 정상적인 반응입니다. 아끼던 가방이 망가져서 속상해하던 현지에게 지금 느끼는 다양한 감정을 감정일기에 써보자고 제안했습니다. 그러자 현지는 눈물을 뚝뚝 흘렸습니다. 눈물을 흘리는 것은 상실감에 대한 자연스러운 반응입니다. 어떠한 상실이든 눈물은 우리가 슬픔을 표현하는 방식이기에 저는 현지에게 울지 말라거나 다른 이야기를 하지 않고 스스로 진정이 될 때까지 기다려 주었습니다.

초등학교 4학년 현지의 감정일기

망가진 가방과 똑같은 가방을 만들어보려고 다이소에 가서 실을

> 찾았다. 그런데 똑같은 색깔의 실이 없었다. 이제 보라색 가방을 메
> 고 다닐 수 없다. 속상하고 아쉽고 허전하다. 메고 다닐 순 없지만 내
> 방에 간직하고 싶다.

    성인뿐 아니라 아이들도 상실을 경험한 후 감정을 제대로 해소하지 못하면 다음에 경험하는 상실에 이전의 감정이 되살아나 더욱 격렬하게 반응하게 됩니다. 이것이 아이들의 상실감을 인정하고 이해해줘야 하는 이유입니다. 그래서 아이들도 마음을 탐색하고 감정을 표현하고 상실을 위로하는 시간이 꼭 필요합니다. 아이들이 말로 표현하기 힘들어하면 감정일기를 먼저 쓴 후에 대화를 나누면 좋습니다. 단, 이때만큼은 맞춤법이나 띄어쓰기가 맞지 않더라도 온전히 아이의 마음을 먼저 바라봐주시길 바랍니다.

감정일기 쓰기 tip

- 상실이 누구 때문에 일어난 일이라고 비난하고 싶은 마음은 아닌지 생각해 보기
- 상실의 대상에 대해서만 집중해서 솔직한 감정 쓰기

숙제가 아닌
성장의 기록

감정일기 강의를 할 때 제가 수강생들에게 꼭 물어보는 질문이 있습니다.

"여러분에게 일기는 어떤 의미인가요?"

성인들의 인상적이었던 답변은 '붙지도 떨어지지도 않는 습관' '좋은 걸 알면서도 자꾸만 피하게 되는 건강한 음식 같은 것' '나의 멘탈 보고서'가 생각납니다. 아이들은 10명 중 9명이 '숙제요'라는 똑같은 답변을 합니다. 초등학교 국어 시간에 처음으로 배우는 글쓰기가 일기쓰기인데, 어쩌다 아이들에게는 '일기'가 '숙제'라는 인상만 남았을까요. 아마도 매일 써야 하는 일기를 밀려서 급하게 쓰던 기억 때문일 수도 있습니다. 또 일기는 원래 사적인 개인의 기록인데 일기를 누군가에게 검사를 받으면 아이들은 일기를 공개적인 글로 인식해 일기쓰기의 목적을 달성하기 어렵게 됩니다.

저는 "감정일기는 매일 쓰지 않아도 된다"고 말합니다. 일주일에 한 번이라도 원할 때, 생각날 때, 잠깐이라도 남기고 싶을 때 써도 좋습니다. 일기쓰는 행위가 즐겁거나 나에게 위로가 된다는 인상을 받게 하는 것이 중요하기 때문입니다. 또 감정일기를 쓸 때 맞춤법, 분량, 글씨체, 형식 등의 요구도 하지않습니다. 오히려 편하게 쓰게 하면서 즐겁게 대화도 나누고, 단 세 줄을 쓰더라도 진심을 담아 칭찬도 해줍니다. 그러면 아이들이 자연스럽게 자신의 이야기를 꺼냅니다. 이런 방법으로 부모와 아이가 함께 감정일기 쓰는 것을 추천합니다. 많은 시간도 필요 없습니다. 하루 10분이면 충분합니다. 아이와 대화를 나누며 감정일기를 써보면 그동안 몰랐던 아이의 마음을 알게 됩니다.

초등학교 3학년 강민이의 감정일기

감정일기 수업시간에 배웠던 감정 단어를 가지고 엄마와 함께 강

> 정일기를 썼다. 정말 재밌었다. 엄마도 즐거워 보였다. 내가 감정 단
> 어를 고르면 엄마는 왜 이 감정 단어를 골랐는지 물어봤다. 나는 학교
> 에서 세윤이랑 놀았던 일을 얘기하면서 감정 단어 2개를 더 골랐다.
> 이렇게 얘기하다 보니 벌써 9시였다. 가족 중에서 엄마랑 같이 있는
> 시간이 제일 많아서 물리적인 거리는 제일 가까웠지만, 심리적으로
> 멀게 느껴질 때가 있었는데 오늘은 마음이 많이 가까워진 것 같다.
> 다음 주 감정일기 시간에 새로운 걸 배우면 엄마랑 또 같이하고 싶다.

강민이는 또래 남자아이들보다 섬세하고 표현력이 좋았습니다. 이게 정말 초등학교 3학년 아이가 쓴 게 맞나 싶을 정도로 성숙함도 느껴졌습니다. 수업에도 열심히 참여하고 배운 걸 꼭 집에서 해보고 와서 어땠는지 소감도 들려주곤 했습니다. 제가 보통 일기보다 감정일기를 선호하고 좋아하는 이유는 감정은 그 자체만으로도 일기의 훌륭한 글감이기 때문입니다. 혼자 써도 되고 함께 쓸 수도 있습니다. 서로에게 질문을 하고 경험도 나누면서 마음속에 있는 말을 꺼내서 글로 쓰는 건 단순히 일기쓰기 숙제가 아닙니다. 삶에서 한 인간이 성장해 가는 과정을 생생하게 느낄 수 있는 아주 귀한 순간입니다.

앞서 언급했던 맞춤법과 띄어쓰기는 감정일기를 쓰면

서 어느 정도 마음의 여유도 생기고 자신감이 생기면 다시 읽어보면서 스스로 고칠 수 있게 합니다. 간혹 화가 나서 거친 표현을 그대로 글로 썼던 아이들이 다른 표현을 찾아 고치기도 합니다. 이렇게 자신이 썼던 거친 말을 찾아서 고치는 과정이 아이들 정서에도 도움을 줍니다. 이런 행위 자체가 자신과 대화를 하는 것인데, 이때 수많은 감정을 만나게 됩니다. 이는 곧 자기 내면과 만나는 시간입니다. 저는 이런 모습도 성장의 한 부분으로 바라봅니다. 아이들이 자기 스스로 깨닫는 순간이니까요.

제가 어른들에게 바라는 역할은 아이들에게 무언가 가르친다는 생각보다는 그걸 깨닫게 해주는 거울 역할을 해주셨으면 하는 것입니다. 그러기 위해서는 인내를 가지고 좀 더 긴 시간을 바라봐야 합니다. 아이에게 직면한 문제를 스스로 해결해 나갈 수 있도록 지켜봐 주세요. 부모는 자녀가 성장할 수 있도록 지지해주고 도움을 줄 수 있지만, 자녀를 판단하고 심판하는 존재가 아닙니다. 대한민국 출산율은 나날이 떨어지고 있지만 육아 시장은 성장해 가는 것을 보면 여전히 좋은 부모 되는 법에 관심이 많은 것 같습니다. 부모와 자녀가 안정적이고 친밀한 관계를 형성하려면 서로의 생각과 감정을 나누고 소통하는 것이 중요합니다.

미국의 심리학자 다니엘 골먼Daniel Goleman은 자신과 타인의 감정을 인식하고, 이해, 관리, 조절할 수 있는 능력을 의미하는 감정 지능emotional intelligence의 중요성에 대해 강조했습니다. 감정을 억압당한 아이들은 감정적인 언어를 사용하지 못하는 어른으로 자라게 될 가능성이 있습니다. 그 결과 자신에게 그리고 타인과의 관계에 부정적인 영향을 주고, 감정 지능 발달이 제한됩니다. 다니엘 골먼은 자신과 자신의 감정에 대한 이해가 정신 건강의 초석이며 그것은 개인 성장의 기반이라고 말합니다.

감정일기는 감정 지능을 향상시키는 데 도움이 됩니다. 일상에서 느낀 감정을 기록하면 자기가 느끼는 감정을 인식할 수 있습니다. 감정일기를 쓰면서 감정 변화와 패턴을 명확히 인식할 수 있게 되고, 그로 인해 자신의 감정에 대한 깊은 이해와 조절 능력이 발달됩니다. 부모와 아이가 오늘 하루 있었던 일과 느낀 감정에 대해서 대화를 나누는 시간을 가져보세요. 가만히 이야기를 들어보면 특정 상황에서 아이가 어떤 감정을 느끼고 어떻게 대응했는지 인지하게 됩니다. 이 과정을 통해 아이의 감정이 발생하는 요인을 파악할 수 있습니다. 감정 지능과 인식을 발달시키는 것은 연습과 헌신이 필요한 지속적인 과정입니다. 아이들은 아직 발달단계에 있기 때문에 부모와 함께하는 이러한 시간이 일상에 통합되면 감정적인 행복과 안정적인 관계에 긍정적인 영향을 미치게 됩니다. 이 과정을 통해 부모와 자녀가 서로를 제대로 알아가는 시간이 되었으면 좋겠습니다.

감정일기 쓰기 tip

✎ 오늘 느낀 서로의 감정에 대해 질문하기
✎ 상황에 대해 '어떻게 다르게 대처할 수 있었을까?'를 함께 의논하면서 쓰기

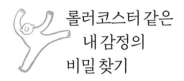

롤러코스터 같은
내 감정의
비밀 찾기

　　우리는 일상 속에서 다양한 감정들을 경험하게 됩니다. 감정은 외부 환경 변화에 대한 인간의 적극적인 대응 방식 중 하나입니다. 그래서 신체와 이성, 사회적 관계에도 영향을 미칩니다. 때로는 행복하고 즐거운 감정을 느끼고, 분노나 슬픔 같은 부정적인 감정에 휩싸일 때도 있습니다. 특히 우리 내면에서 하루에도 수백 번씩 일어나는 불안, 우울, 짜증, 수치심, 두려움, 질투, 미움, 원망, 열등감 등 부정적 감정들은 조절하는 게 쉽지 않습니다. 내 마음인데 내 마음대로 되지 않고, 내 안에 컨트롤할 수 없는 또 다른 내가 있는 것 같기도 합니다. 누구나 희로애락을 겪으며 살아가지만, 감정의 롤러코스터를 탄 듯 최고의 감정과 최악의 감정을 오가는 경우 자기감정도 알지 못하고 혼란스러움에 빠지기도 합니다.

그렇다면 이러한 감정들을 어떻게 인지하고 조절할 수 있을까요? 우리가 감정일기로 해볼 수 있는 쉽고도 효과 좋은 방법이 있습니다. 바로 "감정에 이름 붙여주기"입니다. 감정을 조절하기 위해서는 먼저 자신의 감정을 인식하고 이해하는 것이 중요합니다. 현재 느끼고 있는 감정에 이름을 붙여보세요. 이를 통해 감정을 구체화하고 분석하는 능력을 키울 수 있습니다. 내가 느낀 감정을 있는 그대로 느끼고 표현하지 못한 채 습관적으로 생각하는 감정에 대해서만 표현하지는 않았는지 돌아보는 것이 중요합니다. 모든 감정은 우리가 그것을 받아들이고, 메시지를 이해하고, 이름을 붙여야 하는 생리적인 현상입니다. 자신이 느끼고 있는 감정이 분노인지, 질투인지 아니면 다른 감정인지를 구별해야 합니다. 예를 들어, "내가 누군가를 미워하고 있었구나" 또는 "슬픈 감정을 화로 표현하고 있었구나"라고 감정에 제대로 된 이름을 붙여주면, 나에게 숨겨진 감정이 무엇이었는지 억눌렸던 감정은 무엇이었는지 알아가는 데 도움이 됩니다.

아이들은 자신의 다양한 내면 상태를 표현할 단어를 충분히 알지 못합니다. 그래서 감정을 이해하고 관리하는 게 어려울 수 있습니다. 아이들은 물론, 많은 사람들이 자신이 느끼고 있는 것을 표현할 적절한 단어를 찾기 어려워합니다. 심지어 무엇을 느끼고 있는지 정확히 알지 못할 때도 있습니다. 감정적 언어 능력의 부족은 감정을 어떻게 표현해야 할지 모르기 때문에 감정을 억누르게 합니다. '나쁨'이라는 표현의 느낌은 슬픔, 실망, 좌절, 두려움 등 여러 가지를 포함할 수 있으니 올바른 감정 단어를 사용할 필요가 있습니다.

2015년 개봉한 애니메이션 〈인사이드 아웃〉은 "내 머릿속에 살고 있는 의인화된 감정"이라는 설정을 정교한 세계관으로 풀어낸 명작으로 인정받았습니다. 영화 속에서는 모든 사람들 머릿속에 존재하는 감정 컨트롤 본부에서 열심히 일하는 기쁨, 슬픔, 버럭, 까칠, 소심 다섯 감정을 캐릭터로 표현했는데요. 새로운 환경에 적응하려는 11살 소녀 '라일리'를 위해 다섯 가지 감정들은 그 어느 때 보다 바쁘게 감정의 신호를 보냅니다. 그러나 우연한 실수로 '기쁨'과 '슬픔'이 본부를 이탈하면서 '라일리'의 마음에 큰 변화가 찾아옵니다. '라일리'가 예전의 모습을 되찾기 위해서는 '기쁨'과 '슬픔'이 본부로 돌아가야 하지만 본부까지 가는 길은 험난하기만 합니다. 영화에서는 왜 다섯 가지 감정 중 '기쁨'과 '슬픔' 두 감정이 본부를 이탈했을까요?

인간의 감정 중 '기쁨'과 '슬픔'은 가장 중추적인 역할을 수행하는 핵심 감정입니다. 기쁨과 슬픔을 어떻게 조절하느냐에 따라 나머지 감정들이 영향을 받습니다. 그래서 대표 역할을 감당하는 두 감정이 본부를 이탈한다는 것은 심각한 심적 갈등과 환경 변화를 예고하기 위한 것이었습니다.

오랜 기다림 끝에 〈인사이드 아웃 2〉가 개봉을 앞두고 있습니다. 영화 속에서는 시간이 흘러 초등학생이었던 '라일리'는 사춘기 중학생이 되었고, 그의 머릿속은 더욱 복잡해졌습니다. 새로운 감정들이 몰려오고 있기 때문입니다.

〈인사이드 아웃 2〉에서는 1편에서 주로 다뤘던 기본적인 다섯 가지 감정 외에 불안, 부럽, 따분, 당황 등 새로운 감정 캐릭터가 등장합니다. 새롭게 등장한 감정 중 '불안'은 기존의 감정 5인방(기쁨, 슬픔, 버럭, 까칠, 소심)을 감금하는 행위를 보여주며 '감정의 억눌림'을 표현했습니다. 성장한 주인공은 기존 감정들과 새로운 감정들의 대립으로 좀 더 복잡해진 감정 변화를 겪습니다. 이 영화는 원초적인 감정들이 사춘기를 지나 어른이 되면서 점점 안으로 삭히게 되는 우리의 모습과 많이 닮아 있습니다. 그리고 불안, 질투, 당황 등의 감정이 섞여 요동치는 주인공의 모습을 볼 수 있습니다.

아이들에게 감정을 설명할 때 책상에 앉혀 놓고 공부

하듯 할 필요는 없습니다. 좋아하는 이야기와 영화를 통해 캐릭터의 감정을 식별하면서 이해하면 놀이처럼 부담 없이 즐길 수 있습니다. 함께 영화를 보는 동안 무슨 일이 일어나는지를 질문하며 각 등장인물의 감정과 이유를 관찰하다 보면 자연스럽게 자신의 감정에 대해서도 폭넓게 이해하게 됩니다.

내적인 변화와 그에 수반되는 머릿속 감정들의 시행착오는 누구나 겪는 일입니다. 많은 감정 중에서 자신이 어떤 감정을 느끼고, 어떤 감정의 도움을 받으면 마음의 회복에 도움이 될지 생각해 보세요. 감정의 롤러코스터에서 내려오는 방법은 결국 내 안의 나를 온전히 이해하고 조화롭게 받아들이는 것입니다. 그렇게 된다면 지금보다 더욱 견고하게 성장해 나갈 수 있습니다.

✎ 매 순간 변하는 다양한 감정 알아차리기
✎ 첫 문장을 '상황'이 아닌 '감정'으로 시작해서 쓰기

초등학교 6학년 혜진이의 감정일기

이번 달은 너무나 비극적이다. 한글날을 제외하고 토요일도 노는 날이 없다. 추석 날짜도 채우고 영어 시험에 대비하려면 학원에 결석하고 싶은 것을 참아야 한다. 그래서 귀찮고 나른해도 잠을 이겨내려고 엄마한테 초코라떼를 사달라고 했다. 카페에 가서 초코라떼를 사고 나는 학원으로 갔다. 그런데 오늘은 이상하게 문제가 잘 풀렸다. 그리고 수업도 10분 일찍 끝났다. 오늘처럼 문제도 잘 풀리고 엄마가 매일매일 초코라떼를 사준다면 이번 달을 잘 버틸 수 있을 것 같다.

감정이름표 만들기

　　여러분은 자기소개를 어떻게 하시나요? 대부분 자기소개를 해보라고 하면 이름, 나이, 사는 곳, 다니는 학교, 함께 사는 가족 등 비슷한 이야기들을 합니다. 저는 감정일기 수업에서 수강생들에게 자기소개를 요구하지 않습니다. 자기소개하는 게 힘들고 부담스러운 사람도 있을 수 있고, 천편일률千篇一律적으로 하는 자기소개는 의미가 없다고 생각해서입니다. 대신 감정일기 수업 초반에 〈감정이름표〉 만들기를 합니다. 이것만으로도 자신이 평소 어떤 감정을 자주 느끼는지, 어떤 감정을 표현하는 게 어려운지 생각해 보면서 내가 생각하는 나의 모습을 찾는 시간이 될 수 있습니다.

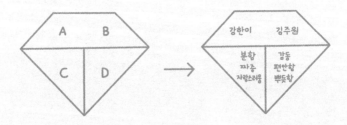

A : 자신을 표현할 수 있는 '나의 감정 캐릭터'를 작성합니다.

(예를 들어 소심이, 사랑이, 어색이, 답답이, 포근이, 걱정이, 버럭이, 억울이, 고독이, 냉담이, 쓸쓸이 등)

B : 자신의 이름을 씁니다.

C : 내가 자주 느끼는 감정 3가지를 감정 단어로 작성합니다.

D : 내가 잘 표현하지 못하는 감정 3가지를 감정 단어로 작성합니다.

감정이름표를 만든 후

1. 감정 캐릭터와 이름, 자주 느끼는 감정 3가지에 대해 간단하게 이야기를 나눕니다.

2. 잘 표현하지 못하는 감정 3가지에 대해서 감정일기 쓰는 시간을 갖습니다. 지나간 일이지만 표현하지 못해서 아쉬웠을 때를 떠올리며 역할극을 하듯 작성해 보세요. 왜 그때는 표현하지 못했는지 나의 억눌린 감정도 알아차릴 수 있을 거예요.

2장

관찰력
어린이 감정으로
세상을 바라보기

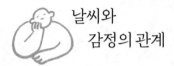

날씨와
감정의 관계

"사람 마음은 참 신기하다. 아침에 일어나서 창밖이 맑기만 해도 절로 힘이 난다. 하늘이 푸르기만 해도 살아있는 기쁨을 느끼고, 곁에 있는 누군가를 더욱 사랑하게 되기도 한다. 날씨 하나에 사람들의 감정이 이렇게나 움직이다니, 사람 감정이 하늘과 이어져 있다는 것을 나는 처음으로 깨달았다."

신카이 마코토 감독의 영화 <날씨의 아이>에 나오는 대사입니다. 날씨는 기압이나 전선 같은 자연 현상입니다. 감정은 어떤 현상이나 일에 대해서 자연스럽게 일어나고 느껴지는 반응입니다. 우리는 일상에서 날씨의 영향을 많이 받으며 살아갑니다. 갑자기 쏟아지는 비에 당황하기도 하고, 날씨가 맑고 선선하면 어디로든 떠나고 싶고, 안개가 가득하고 어두우면 집 밖을 나가기 싫고, 땀 흘리며 뛰고 있을 땐 잠깐의 시원한 바람도 참 상쾌하게 느껴집니다.

계절을 타는 사람들이 있듯이 날씨를 타는 사람들도 있습니다. 특히 한 계절이 끝나고 다른 계절이 시작될 무렵인 간절기에는 날씨를 확인하는 것이 어떤 일보다 중요한 일이기도 합니다. 날씨에 따라 입을 옷을 정하고, 우산을 챙기고, 안부 인사를 전하는 일상에서의 수많은 행위들이 날씨로부터 비롯됩니다.

이렇듯 우리 일상에 많은 영향을 주는 날씨에 대해 아이들과 함께 대화를 나눠보면 아이들의 감정을 훨씬 실감나게 느낄 수 있습니다. 겨울철 최강 한파가 찾아온 어느 날, '오늘은 너무 추워서 출석률이 안 좋겠구나' 생각하며 아이들을 기다렸습니다. 그런데 저의 예상을 깨고 모든 아이들이 출석했습니다. 혹여 아이들이 감기 걸릴까 봐 따뜻하게 히터를 켜고 수업을 진행했습니다. 한참 수업을 하고 있는데 초등학교 3학년 민준이가 손을 번쩍 들었습니다.

"선생님, 너무 더워요. 히터 끄고 창문 열어도 돼요?"

히터를 약하게 틀었는데 민준이만 유난히 얼굴이 빨갛게 달아올랐습니다. 저는 창문 열면 감기 걸릴 수 있으니까 히터만 잠시 꺼주겠다고 했습니다. 민준이가 다시 손을 들었습니다.

"선생님, 다른 애들은 안 더운데 저만 더운 건 제가 화나서 그런 거예요? 저 진짜 억울해요. 쉬는 시간에 밖에 나갔다 오면 열이 가라앉아요?"

민준이는 뭔가 쏟아내고 싶은 이야기가 많은 것 같았습니다. 쉬는 시간이 되어 2교시에 얘기하자고 했습니다. 민준이는 쉬는 시간이 되자 밖으로 뛰어나갔다가 들어왔다가 다시 뛰어나갔다가 들어오기를 여러 번 반복했습니다. 우선 아무 말 하지 않고 지켜보기로 했습니다. 쉬는 시간이 끝나자 민준이는 숨이 차서 헉헉거리며 자리에 앉았습니다. 저는 항상 아이들에게 '왜' 그랬는지, '무엇' 때문에 그랬는지보다 '감정'을 먼저 물어봅니다.

"민준아, 마음 좀 가라앉았어?"
"모르겠어요. 그냥 시원하긴 해요. 근데요. 따뜻한 데 있다가 차가운 데 나갔다가 왔다 갔다 해도 저는 짜증 안 나는데 엄마는 왜 그런지 모르겠어요."

민준이 얘기를 들어보았습니다. 아침에 집에서 나을 때까지만 해도 엄마 기분이 나쁘지 않았다고 합니다. 그런데 민준이 아빠가 주차를 지하주차장이 아닌 밖에 해둔 것을 알고, 추운 날씨에 밖으로 나가야 하는 것 때문에 엄마가 기분이 안 좋아졌습니다. 민준이는 엄마 기분 상태를 모르고 동생과 장난을 치며 걸어갔습니다. 그때 엄마가 빨리 차에 안 타고 뭐하냐고 신경질을 냈습니다. 재빨리 차에 탄 민준이는 강한 히터 때문에 답답해서 창문을 열었다가 또 한 번 큰소리로 꾸중을 들었습니다. 엄마는 흐리고 추운 날씨에 예민해져 순간 자신의 감정을 조절하지 못했습니다.

초등학교 3학년 민준이의 감정일기

엄마가 화내는 이유를 모르겠다. 그래서 억울하다. 쉬는 시간에 따뜻한 교실에 있다가 차가운 데 나갔다가 계속 왔다 갔다 해봤는데 나는 엄마처럼 짜증이 안 났다. 엄마는 왜 짜증이 날까? 엄마는 아침에 짜증 내고 저녁에 미안하다고 사과한다. 오늘도 집에 가면 엄마가 또 사과할까?

저마다 사람의 마음을 이해하는 방식이 있습니다. 민준이가 쉬는 시간에 따뜻한 교실과 차가운 교실 밖을 오갔던 행동은 엄마의 마음을 이해해보려는 행동이었습니다. 아이들의 감정일기에 가장 많이 등장하는 인물과 감정은 '엄마'와 '화'라는 감정입니다. 그리고 거기에는 '날씨'라는 변수가 자주 등장하고, 그것을 짐작하기가 쉽지 않습니다. 이런 이야기를 들은 어머니들은 괜히 찔린다고 말합니다. 3초만 참으면 되는데 그걸 못 참고 아이에게 화를 내고 후회하길 반복합니다.

중국의 광저우 대학교에서 "흐린 날씨가 감정에 영향을 미치는가"에 대한 연구를 진행했습니다. 성별과 감정 유형(긍정적, 중립적, 부정적)을 분석한 결과 흐린 날씨가 실제로 부정적인 감정, 예를 들어 우울과 불안을 유발한다는 것을 증명했습니다. 감정과 성별의 상호 작용 효과도 유의했으며, 부정적인 감정은 남성보다 여성이 훨씬 길게 느낀다는 것을 확인했습니다.

'날씨만큼 이데올로기적인 것은 없다'라는 프랑스 평론가 롤랑 바르트의 말처럼 기온은 특히 인식하지 못하는 우리의 감정에 영향을 미칩니다. 어떠한 날씨 속에서 어떠한 감정을 느꼈을지, 날씨와 관련해 자리 잡은 나의 기억들도 영향이 있을 수 있습니다. 누군가에게는 슬프고 아프게 느껴질 수 있는 비가 또 다른 누군가에게는 따뜻한 추억으로 시원하고 그리운 것으로 느껴지듯 같은 날씨에 대해서도 느끼는 감정이 개인마다 다릅니다. 그렇기에 보고 느끼는 감정도 사람마다 다를 것입니다. 문득 날씨와 감정에 대해서 이렇게 물어보고 싶습니다. "오늘, 여러분의 날씨는 어떤가요?"

감 정 일 기 쓰 기 t i p

- 🖉 날씨에 따른 나의 신체 반응 느껴보기
- 🖉 나에게 특별했던 '그날의 날씨'에 대해서 쓰기

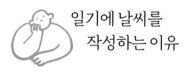

일기에 날씨를
작성하는 이유

제가 감정일기 수업에서 성인과 아이들 모두에게 항상 묻는 몇 가지 질문이 있습니다. 그중 하나가 이 질문입니다.

"일기에 날씨를 쓰는 이유가 뭘까요?"

정말 신기하게도 어른과 아이들 대답이 거의 비슷합니다. '일기를 밀려 쓰지 못하게 하려고' 날씨를 기록하게 한다는 답변이었습니다. 실제로 방학 때 일기가 밀리기 시작하면 가족들과 친구들에게 날씨를 묻는 아이들을 많이 봤습니다. 그날의 날씨가 어땠는지는 내가 살펴보고 느껴야 정확히 알 수 있습니다. 일기에 날씨를 기록하는 이유는 '관찰력'과도 연결됩니다. 관찰력은 사물이나 현상을 주의하여 자세히 살펴보는 능력을 말합니다. 일기에서 날씨를 기록하는 것과 관찰력은 어떤 연관이 있을까요?

인간의 뇌는 시기별 발달단계가 있습니다. 두뇌 발달 과정으로 학습 시기를 살펴보면 유치원을 다닐 때부터 초등학생 시기인 만 5-12세는 뇌의 가운데 부분인 두정엽과 귀 바로 뒷부분인 측두엽이 발달하는 시기입니다. 두정엽은 공간능력과 수·과학 영역의 사고능력을 담당합니다. 과학적 탐색과 관찰, 다양한 활동 등 주변을 탐색하고 경험하는 활동을 통해서 사고력 그릇을 키워주는 시기입니다. 측두엽은 언어 능력을 담당합니다. 언어발달이 구체화 되는 시기로 꾸준한 쓰기 훈련과 독서, 구체화 된 말하기 능력 등의 훈련으로 언어교육의 효과성을 높일 수 있습니다. 관찰력과 언어 훈련이 이 시기에 가장 많이 발달하는 것이죠. 글을 읽고 이해하는 능력인 문해력의 출발도 관찰력입니다. 문해력 열풍은 여전히 대단합니다. 글을 읽어도 의미를 파악하지 못하거나 말을 들어도 뜻을 헤아리지 못하면 대화도 쉽지 않지만, 공부도 어렵습니다. 자녀의 문해력을 키우기 위해 독서만이 살길이라고 생각했다면 문해력 향상 비법이 '관찰력'에 있다는 사실을 기억하시길 바랍니다.

생활 속에서 관찰력을 키우고 매일 쓰기 훈련을 하기 위해서는 일기에 날씨를 기록하는 것만큼 좋은 훈련법이 없습니다. 아침부터 저녁까지 시시각각 변하는 날씨만 관찰해도 그날의 일기 한 편은 쉽게 쓸 수도 있습니다. 저의 프랑스인 친구는 날씨를 관찰하기 위해 1년 동안 매일 아침 같은 시간, 같은 장소에서 사진을 촬영했습니다. 그렇게 모은 365장의 사진을 순서대로 엮어서 책으로 제작하고 1년의 날씨를 살펴보았습니다. 매일 같은 장소에서 같은 시간에 촬영한 사진인데, 계절에 따라 다르고 미세하게 그날의 날씨에 따라 달랐습니다. 해 뜨는 시간과 노을 지는 시간의 변화, 사진으로도 느껴지는 습도와 온도, 수시로 변하는 구름의 모양 등 관찰할 것이 정말 많았습니다.

친구의 결과물을 보고 흥미롭게 느껴져서 저도 1월 1일부터 4월 10일까지 100일간 챌린지처럼 같은 시간에 같은 장소에서 매일 날씨를 관찰하며 사진촬영을 했습니다. 분명 같은 시간인데 하늘색과 바람 냄새가 달라지는 것을 발견했습니다. 꼭 이와 같은 활동이 아니더라도 일기에 날씨를 표현하는 일상 속 관찰력 훈련을 발달 시기(만 5-12세)에 하면 효과가 더욱 좋습니다. 한 걸음 더 나아가 제가 강의하는 감정일기 수업에서는 날씨뿐 아니라 사물, 현상, 사람의 마음을 살펴보는 관찰력을 키우기 위해 '오늘의 감정날씨'를 기록합니다.

초등학교 2학년 가은이의 감정일기

2월 14일 수요일   오늘의 감정날씨 : 못된 바람

오늘 혜윤이랑 놀기로 했는데 바람이 너무 심하게 불어서 엄마가 못 나가게 했다. 혜윤이에게 못 나간다고 연락하고 다음에 놀자고 했다. 혜윤이랑 핫도그 가게에 같이 가기로 했는데 바람 때문에 못 나가서 속상하다. 나와 혜윤이를 못 만나게 하다니, 바람은 못됐다.

초등학교 3학년 지호의 감정일기

2월 14일 수요일   오늘의 감정날씨 : 바람이 빵졌다

오늘 바람이 세게 불었다. 나는 차에서 내리다가 넘어질 뻔했다. 그런데 바람이 내 뺨을 친 것처럼 따가웠다. 엄마가 마스크를 쓰고 가라고 했는데 안 가져왔다. 바람 때문에 뺨이 아프다.

2월 14일 수요일   오늘의 감정날씨 : 무서움

창문이 흔들렸다. 바람 소리도 들렸다. 누가 창문을 두드리는 것처럼 쿵쿵거렸다. 나는 창문이 깨질까 봐 무서웠다. 그런데 같이 있을 사람이 없어서 인형을 꼭 안고 있었다. 오늘은 엄마가 일찍 집에 왔으면 좋겠다.

아이들의 짧은 감정일기에서도 바람이 얼마나 세게 불었는지 느껴지셨나요? 바람 때문에 친구를 못 만나서 속상하고, 바람이 너무 세게 불어서 뺨이 아팠고, 혼자 있는데 강한 바람 소리에 무서웠다는, 아이들의 자기감정도 자연스럽게 표현되었죠.

날씨를 쓰려면 날씨를 관찰하거나 일기예보를 찾아봐야 합니다. 그러다 보면 자연스럽게 관찰력은 향상되고 주변 환경에도 관심을 갖게 됩니다. '오늘의 감정날씨'를 기록하면 날씨를 자신의 감정과 자연스럽게 연결해서 글을 쓰게 됩니다. 날씨는 같은 계절이어도 하루하루 다릅니다. 매일 뜨는 해지만 내 감정 상태와 상황에 따라 다르게 느껴지기도 합니다. 매일 비슷한 일상이 반복되는 것 같아도 그 일상을

우리가 어떻게 받아들이는지에 따라 달라질 수 있습니다. 삶이 단순한 일상의 반복이 아니라 관찰의 연속이라는 점을 아이들이 알게 되길 바랍니다.

감정일기 쓰기 tip

🖊 아침, 점심, 저녁 날씨의 변화 관찰하기

🖊 날씨에 따른 나의 행복지수, 스트레스 지수, 안정 지수 수치화(1점-10점까지)해보기

예시

초등학교 5학년 재윤의 감정일기

2월 14일 수요일 　　　 오늘의 감정날씨 : 휘몰아치는 바람

아침에도 바람이 불더니 오후가 되니까 바람 소리가 슝슝 들릴 정도로 강해졌다.

● 행복지수 : 8점. 나는 바람이 불면 날아갈 것 같아서 좋다.

● 스트레스 지수 : 2점. 바람이 스트레스를 다 날려주는 것 같다.

● 안정 지수 : 6점. 엄마가 바람이 강하면 위험하다고 해서 집에 일찍 들어왔다.

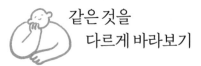

같은 것을
다르게 바라보기

스마트폰이 일상화되면서 언제 어디서든 사진을 찍을 수 있게 되었습니다. 꼭 여행지가 아니어도 사진 찍는 사람들을 쉽게 볼 수 있습니다. 감정일기 수업에 참여하는 아이들도 일주일 만에 만나면 주말에 놀러 갔던 사진, 자기가 그린 그림, 자기가 먹은 음식 사진을 저에게 보여주기 바쁩니다. 그러고는 저에게 어떠냐고 물어보고 제 답변을 기다립니다. 자랑도 하고 싶고, 칭찬도 듣고 싶고, 같이 얘기하고 싶어서 그러는 거죠. 이때 아이들과 재밌게 대화를 나누려면 절대 충고, 조언, 평가, 판단을 하지 않는 것이 중요합니다. 초등학교 2학년 서윤이는 주말에 미술관에 다녀온 사진을 보여주며 저에게 물었습니다.

"선생님은 어떤 그림이 제일 예뻐요?"

"음…세 번째 그림. 근데 직접 가서 보면 또 다를지도 몰라. 서윤이는 어떤 그림이 좋았어?"

"저는 마지막 사진이요. 사람 눈이 하나밖에 없는데 엄청 크잖아요. 그럼 한 번에 더 많이 크게 보여요?"

일반적으로 사람 눈은 두 개인데, 저는 평소에 눈이 두 개밖에 없어서 우리가 제대로 보고 살아가는 건지, 혹시나 꼭 봐야 할 중요한 것들을 놓치고 있는 건 아닌지, 눈이 뒤에도 있으면 얼마나 좋을까 생각하며 조바심을 느꼈습니다. 그래서 서윤이가 보여준 '눈이 하나뿐인 그림'을 보며 속으로 '눈이 하나뿐이라면 얼마나 답답할까?' 생각하고 있었는데, 오히려 하나뿐인 큰 눈이라서 더 크게 보이냐고 묻는 서윤이의 질문에 그림을 다시 보게 되었습니다. 그때 갑자기 아이들이 한쪽 눈을 가리고 강의실 안에 있는 사물들을 말하기 시작했습니다. 한 명이 시작하니 줄줄이 다른 아이들도 동참했습니다.

"책상, 칠판, 사진, 컴퓨터, 시계, 마이크, 휴지… 한쪽 눈 가려도 다 보이는데요?"

"저기 선생님 있다, 매직, 색연필, 스위치, 저건 이름이 뭐였더라?"

"리모컨, 조명, 선생님 귀걸이, 종이, 연필, 한쪽 가려도 다 보여요!"

아이들은 더 많은 사물의 이름을 말하려고 경쟁하듯 얘기했고, 제 옆자리에 앉아있던 아이는 저의 귀걸이까지 보인다며 즐거워했습니다. 저는 아이들의 모습을 보면서 사람이 무언가를 보는 것도 각자의 위치와 생각에 따라 다르게 본다는 것을 알았습니다. 어른들은 자신의 신념과 생각이 강하게 자리 잡고 있어서 다른 관점으로 바라보는 게 쉽지 않습니다. 그래서 저도 아이들에게 많이 배웁니다. 가끔은 제가 준비한 수업보다 아이들과 자연스럽게 얘기 나누고 놀면서 수업이 진행되기도 합니다. 이날도 아이들이 먼저 의견을 내기 시작했습니다. 2교시에는 각자 좋아하는 사진 한 장씩 제출해서 화면에 띄워놓고 우리만의 미니 사진전을 열기로 했습니다. 친구들의 사진을 보고, 서로 감상평을 남겨주기로 했습니다.

그렇게 아이들의 사진전이 열렸습니다. 어떤 아이는 멀리서 보는 게 더 잘 보인다며 뒷걸음질로 점점 뒤로 빠졌고, 어떤 아이는 화면에 있는 사진이라서 어떤 촉각도 느낄 수 없음에도 괜히 손으로 만져보기도 했습니다. 20세기를 대표하는 영국 출신의 팝아트 화가이자 사진작가인 데이비드 호크니는 사람들은 카메라를 통해 보는 것이 실제로 보는 것이라고 믿지만, 인간은 심리적으로 사물을 본다고 말했습니다.

그렇게 사진을 감상하는 아이들의 모습을 보니 앉아 있거나 서 있는 아이들이 보였고, 자기가 보기 편한 곳으로 이동해서 강의실 곳곳에 자리 잡은 모습이 보였습니다. 지금 우리는 같은 공간에 있지만, 어느 위치에서 어떤 순서대로 보는지에 따라 사진을 받아들이는 느낌이 다르겠다는 생각이 들었습니다. 아이들은 친구들의 사진을 감상한 후, 포스트잇(접착메모지)에 감상평을 써서 사진 밑에 붙여주었습니다.

초등학교 2학년 지은이의 감정일기

2월 5일 월요일   오늘의 감정날씨 : 황당함

오늘 감정일기 시간에 사진전을 열었다. 다른 친구들은 치킨 사진, 놀러 갔던 사진, 태권도 하는 사진을 냈는데 나는 우리 토실이 사진을

냈다. 토실이 사진 중에서 제일 예쁜 걸로 골랐다. 사진을 보고 친구들이 소감을 써줬는데 어떤 애가 토실이를 강아지라고 썼다. 그래서 내가 토실이는 고양이라고 말했다. 걔는 귀여워서 강아지인 줄 알았다고 했다. 토실이가 귀엽긴 하다. 그래도 강아지는 아니다.

초등학교 2학년 유찬이의 감정일기

2월 5일 월요일   오늘의 감정날씨 : 궁금하다

감정일기 시간에 친구들이 찍은 사진을 구경했다. 통통하고 귀여운 강아지 사진이 보여서 강아지가 귀엽다고 썼다. 그런데 강아지가 아니라 고양이였다. 고양이는 무섭게 생긴 줄만 알았는데 귀여운 고양이를 처음 봤다. 왜 우리 집 주변엔 귀여운 고양이가 없을까?

　　지은이와 유찬이는 학교도 다르고 연결고리가 없어서 모르는 사이였다가 사진전을 계기로 대화를 나누고 친구가 되었습니다. 이날 제출한 감정일기에도 서로의 이야기가 있어서 재밌게 읽었던 기억이 납니다. 아이들의 감정일기는 분량이 길지도 않고 아직은 훌륭한 문장력도 찾아보기 힘들지만, 어른들에게 잊고 있던 것들을 자꾸만 깨닫게 해줍니다. 우리가 같은 것을 보면서도 바라보는 게 결코 같을 수 없

다는 사실을 아이들을 통해 알 수 있었습니다.

우리는 관점을 바꾸어 같은 것을 다르게 바라보는 경험이 필요합니다. '관점 바꾸기'는 생각하는 힘을 기르는 데 효과적이고, 고정관념을 넘어서게 합니다. 틀에 박힌 생각이나 당연하다고 여기는 것들이 꼭 정답은 아닐 수도 있다고 생각하고 상황을 다르게 보려는 노력이 필요합니다.

아이의 행동을 내 관점이 아닌 다른 관점에서 바라보고, 호기심과 배려의 마음으로 상대를 바라보려는 노력이 필요합니다. 인간은 자신의 생각이 옳다고 생각하기 쉽습니다. 같은 것을 다르게 바라보려면 다름을 인정하고 자기중심성에서 벗어나 배려하는 자세가 필요합니다. 나와 다른 의견이라고 해서 틀린 것이 아니라는 생각으로 관점을 달리할 때 생각하는 힘은 길러집니다.

감 정 일 기 쓰 기 t i p

✎ 내가 가지고 있는 고정관념에 대해 생각하기
✎ 눈에 보이는 사물에 '왜?'라고 질문하며 다르게 보고 느낀 감정 쓰기

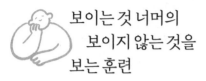
보이는 것 너머의
보이지 않는 것을
보는 훈련

"눈에 보이는 것이 전부가 아니다"라는 말이 있습니다. 현대 과학에서도 눈에 보이는 우주가 존재하기 위해서는 '암흑물질dark matter'과 '암흑에너지dark energy'가 우주 대부분에 존재해야 한다고 추론합니다. '암흑물질'은 빛을 내지 않아서 보이지 않고, 정체가 아직 알려지지 않은 물질을 말합니다. '암흑에너지'는 우주를 가속 팽창시키기 위해 전 우주에 걸쳐서 분포할 것으로 추정되고 있는 가상의 에너지입니다. 사람들은 보이는 것과 보라는 것만 보고 겉으로 드러난 현상에만 반응을 합니다. 그래서 그 뒤에 숨어 있는 본질을 놓치는 경우가 많습니다.

삼성서울병원 소아청소년과 최연호 교수는 〈통찰지

능)의 중요성에 대해 언급했습니다. 통찰지능이란 내 주변에서 일어나는 사건의 맥락을 읽고 '보이지 않는 것을 볼 줄 아는 힘'입니다. IQ(지능지수)와 EQ(감성지수)만으로 설명할 수 없는 통합적 지능이 InQ (통찰지능, Insight Quotient)이고, 이는 IQ와 EQ를 더한 것보다 큽니다. 최 교수는 배가 아픈 아이들, 소화기 증상을 주로 다룹니다. 그런데 수십 년간 진료를 보면서 아이들 중 일부는 배가 아프고 토하는 것이 몸이 아파서 그런 게 아니라 아이의 마음이 상처를 받거나 불안할 때 겉으로 드러나는 신체 증상임을 알게 되었습니다. 실제로 물리적으로 병을 치료하려고 하면 아이의 상태가 더 나빠졌고, 아이의 얘기를 듣고 마음을 치료해 줬더니 점차 좋아졌습니다. 최 교수는 그 아이가 가지고 있는 보이지 않았던 부분을 찾아낸 것입니다. 그는 그것이 의학지식을 넘어서 '통찰'이라고 느꼈고, 의사의 가장 큰 덕목이라고 생각하게 되었다고 합니다.

초등학교 6학년 시아는 감정일기 수업 첫 시간부터 친구들은 물론 저에게도 굉장한 경계심을 보였습니다. 자리도 맨 끝줄 구석에 앉아서 눈도 마주치지 않았습니다. 몸의 움직임도 거의 없었고, 고개를 푹 숙인 채로 있다가 수업이 끝나면 조용히 나갔습니다. 저는 시간이 좀 필요해 보이는 아이들에게 섣불리 다가가지 않습니다. 아직 제가 누군지, 어떤 사람인지도 모르는데 당연히 아이들도 저에 대해서 알아가는 시간이 필요합니다. 저 역시 어린 시절 누군가에게 다가가지도 못하고, 다른 사람이 다가와도 굉장히 두려워했기 때문에 충분히 그럴 수 있다고 생각합니다. 그렇다고 수업 시간에 아이를 모른 척하지는 않습니다. 틈틈이 아이가 어떤지 확인합니다. 다행히 마음이 불편하지 않았는지 시아는 다음 수업에도 출석했습니다. 여전히 목소리는 들을 수 없었지만, 수업이 끝나고 나가면서 처음으로 살짝 고개를 숙여 인사를 했습니다. 그 뒤로도 다음 수업, 다음 수업… 시아는 6주 동안 한 번도 빠지지 않고 출석했습니다. 그리고 마지막 수업에서 드디어 시아의 목소리를 들을 수 있었습니다.

"선생님, 거짓말하면 용서 못 받아요?"

이 짧은 질문 하나에 많은 이야기가 담겨 있을 것 같았습니다. 저는 처음 듣는 시아의 이야기가 궁금했지만 서두르지 않고 시아가 말을 이어갈 수 있도록 기다려 주기로 했습니다. 누구나 거짓말을 합니다. 사춘기 아이들은 98%가 거짓말을 하고, 거짓말을 하는 이유는 '부모님에게 혼날까

봐 무서워서' '부모님의 기분을 나쁘게 하지 않기 위해서'라고 합니다. 시아는 부모님과 갈등을 겪고 있었습니다. 저녁 식사 자리에서 시아의 반찬 투정으로 화가 난 부모님은 혼을 냈고, 시아는 순간 너무 무서워서 배가 아프다고 거짓말을 했습니다. 배가 아프다고 했더니 혼을 내던 부모님이 혼내지 않았고, 시아는 위기를 넘겼다고 생각했습니다. 어른들도 거짓말을 하면 어떻게든 탄로가 나는데, 아이들의 거짓말이 완벽할 수 있을까요?

시아의 거짓말은 부모님께 금방 들키고 말았습니다. 거짓말로 꾀병을 부려서 오히려 부모님을 걱정시켰다는 이유로 더 크게 혼이 났습니다. 한바탕 울고 끝난 줄 알았던 이 사건은 얼마 후 더 큰 사건이 되었습니다. 학교에서 친구들과 놀던 시아가 이번엔 정말로 배가 아팠던 겁니다. 참기 힘들 만큼 아파서 선생님께 말씀드렸고, 선생님은 시아 부모님께 연락을 했습니다. 그러나 부모님의 답변은 '시아는 혼날 때마다 무서워서 배 아프다는 거짓말을 한다. 우리는 둘 다 일을 하고 있어서 못 가니까 학원으로 가라고 해라'였습니다. 계속 복통을 호소하며 힘들어하던 시아는 결국 구급차에 실려 병원에 갔습니다. 그리고 맹장 수술을 해야 한다는 이야기를 들었습니다. 이후 부모님이 병원에 도착하고 수술은 잘 됐지만, 그때부터 시아의 말수는 급격하게 줄었습니다.

초등학교 6학년 시아의 감정일기

1월 7일 금요일   오늘의 감정날씨 : 답답함

나는 거짓말을 해서 혼났다. 그래서 큰 벌을 받은 것 같다. 이제 앞으로는 거짓말을 하지 않겠다고 말하고 싶은데 무서워서 말을 못 하겠다. 아빠는 믿어주지 않을 거다. 나는 거짓말쟁이니까...밥 먹을 때마다 아빠 표정이 무서워서 같이 밥을 먹기가 힘들다. 밥도 맛이 없다. 학교도 싫고 학원도 싫고 집도 싫다. 답답하다.

물론 거짓말을 했던 시아도 잘못한 부분이 있지만, 그후 소통의 창구를 다 막아버린 아빠에게 시아는 무섭고 두려운 감정을 느꼈습니다. 하고 싶은 말도 못 한 채 자책하며 어디에도 마음을 두지 못하고 방황했습니다. 아이가 '사춘기'일 때 부모는 '중년의 위기'라 불리는 또 다른 사춘기를 경험합니다. 이 시기에 멀어진 부모-자녀 사이는 자녀가 성인이 되어서도 회복되지 못한 채 서로 어색하게 지내는 사례도 많습니다.

청소년기 심리 발달 및 행동 연구의 세계적 권위자인 로렌스 스타인버그Lawrence Steinberg 박사의 〈부모-자녀 간 다툼에 대한 연구〉에 따르면, 많이 다투고 논쟁하는 가족의 자녀가 속임수나 거짓말이 훨씬 적었습니다. 반대로 사이가 좋지 않거나 부모님이 강압적인 경우에는 자녀들이 다투고 반항하지 않는 대신 거짓말을 많이 했습니다. 부모님에게 얘기해도 들어주실 거라 기대하지 않으니까요. 그래서 이 시기에(사춘기) 부모와 자녀 사이에 논쟁도 없고 자녀가 반항하지 않는다는 건 평화로운 관계가 아니라 서로 솔직하고 건강한 관계를 맺고 있지 못하다는 의미일 수도 있습니다. 그래서 평소에 감정이 억눌리지 않도록 꺼내는 과정이 필요합니다. 눈에 보이지 않는 것을 보는 훈련은 밖으로 꺼내는 것부터가 시작입니다. 부모-자녀가 서로 다른 욕구와 생각으로 갈등을 겪는 건 누구나 겪는 어쩔 수 없는 일이라고 해도 해결해 가는 과정은 선택할 수 있습니다.

감정일기 쓰기 tip

🖉 타인의 감정을 무시하고 내 마음대로 판단하지 않았는지 돌아보기

🖉 내 안의 감정과 마주하며 나와 대화하듯 솔직하게 쓰기

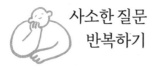 사소한 질문
반복하기

지식과 정보가 넘쳐나는 세상입니다. "홍수가 나면 마실 물이 없다"라는 말처럼 정보는 넘쳐나는데 신뢰할 만한 정보를 찾는 건 쉽지 않고, 우리가 습득할 수 있는 지식과 정보는 한정되어 있습니다. 그런데 세상 모든 것은 지식과 정보가 아니라 '사소한 질문에서 시작된다'라는 말, 들어보셨나요?

영국 카디프대학교 교수이자 대학 내 정신의학 및 임상신경과학연구소의 연구원으로 활동 중인 딘 버넷Dean Burnett은 "감정은 뇌의 활동"이라고 말합니다. 뇌는 사소한 질문을 좋아합니다. '사소한 질문'을 반복해서 하는 건 우리 뇌를 원하는 대로 프로그램화하는 방법입니다. 사소한 질문들은 우리 뇌를 깨어 있게 하고 즐겁게 합니다. 또 부담이 적고 두려움도 느끼지 않습니다. 오히려 뇌가 문제해결에 집중해서 행동할 수 있게 이끌어줍니다. 반면 뇌가 싫어하는 질문은 거창하고 큰 질문입니다. 거창한 질문은 받아들이는 사람이 두려움을 느낍니다. 두려움이 감지되면 뇌는 질문을 즐거운 놀이라고 생각하지 않습니다.

『관찰력 기르는 법』의 저자 사도시마 요헤이는 모든 현대인에게 요구되는 필수적인 능력으로 관찰력을 꼽습니다. 그는 관찰력을 훈련하기 위해 에이전시 소속의 작가들에게 주변 사람이나 사물 혹은 그날의 감정을 관찰해서 한 쪽짜리 만화로 그리는 숙제를 낸다고 합니다. 우리는 늘 무언가 보고 있지만 '관찰'이라고 하면 특별한 사람들에게만 필요한 일이라고 생각합니다. 관찰에는 거창한 과정과 결과가 필요하지 않습니다. 세기의 발견을 해내는 것보다 사소한 질문을 반복하는 것이 중요합니다.

초등학교 3학년 나영이는 질문이 끊이질 않았습니다. 어머니께서도 따로 찾아오셔서 죄송하다고 말할 정도로 수업시간, 쉬는 시간 할 것 없이 궁금한 게 생기면 그냥 서슴없이 질문을 했습니다. 그 질문들이 수업 내용과 관련이 있다거나 지금 해결하지 않으면 안 되는 중요한 것들은 아니었습니다. 저는 하찮고 나쁜 질문이라는 건 없다고 생각하기 때문에 최대한 답해주려고 노력했습니다. 예를 들면 이런 질문입니다.

"지우개는 뭘로 만들어요?"

"왜 100점이 최고 점수예요?"

"꽃은 왜 우리가 안 볼 때만 자라요?"

"왜 사람은 머리가 제일 위에 있어요?"

"왜 산에 올라가면 야호라고 해요?"

"왜 달 모양은 매일 달라요?"

"시계는 12시까지밖에 없는데 왜 안 멈춰요?"

아이들은 질문을 하고 어른의 질문대응을 지켜봅니다. 자신의 질문에 어떻게 대응해주는지 태도를 보고 더 중요한 질문을 할지 말지 결정합니다. 어른의 태도에 따라 어떤 질문이든 자신의 질문에 대한 답변을 듣고 싶은 사람인지, 언제든 찾아가서 의논할 수 있는 상대인지 결정하는 것입니다. 아이들이 질문을 하는 경우는 부모나 교사의 사랑을 확인하거나 관심을 끌고 싶을 때, 정말로 궁금한 질문에 대답을 듣고 싶을 때, 시간을 벌고 싶을 때, 숨은 의중을 알아보고 싶을 때입니다. 어른들이 기억해야 할 것은 질문의 이유가 무엇이든, 어떤 질문이든 우선 존중해 주어야 합니다. 아이의 질문을 무시하고 대답을 회피하면 아이는 결국 어떤 질문도 하지 않는 아이로 성장하게 됩니다. 아이들이 던지는 질문은 세상을 관찰하면서 갖게 되는 자연스러운 호기심에서 나온다고 볼 수 있습니다. 이는 성장 과정에서 반드시 거쳐가는 언어 행동 중 하나입니다. 사소한 질문은 창의력과 사고력을 키우는 데 많은 도움이 됩니다.

초등학교 3학년 나영이의 감정일기

2월 1일 목요일   오늘의 감정날씨 : 맛있다

학원 끝나고 집에 가는 길에 엄마한테 전화가 왔다. 나는 햄버거 사 먹고 가도 되는지 물어봤다. 안 된다고 했다. 그럼 아이스크림은 되냐고 물어봤다. 그것도 안 된다고 했다. 집에 와서 저녁을 먹으라고 했다. 나는 왜 저녁을 매일 먹어야 하냐고 물어봤다. 엄마는 그만 물어보고 빨리 오라고 하고 끊었다. 집에 가기 전에 편의점에 가서 크림빵을 사 먹었다. 너무 맛있었다. 그런데 왜 크림빵이 점점 작아지는 걸까? 다음에 사 먹을 때는 더 커졌으면 좋겠다.

평소에도 계속 이어지는 나영이의 질문에 엄마는 자주 대화를 끊는다고 했습니다. 물론 아이의 질문을 다 상대하는 것도 보통 일은 아닙니다. 만약 아이가 같은 질문을 계속해서 반복하거나 아이의 질문이 힘들면 "너는 어떻게 생각해?"라고 역질문을 해서 생산적이고 의미 있는 대화로 이끌어 갈 수 있습니다. 아이에게 역질문을 하면 아이의 질문 반복하기를 멈출 수 있고, 아이는 자신이 알고 있는 것을 부모에게 설명할 기회가 되기도 합니다. 아이들은 자신이 잘 모른다고 생각하지만, 부모가 역질문으로 스스로 판단해 직접 답을 찾을 수 있도록 이끌어주면 자신이 이미 알고 있다는 사실에 놀라고 자신감도 향상될 수 있습니다.

그렇다고 아이의 질문에 매번 역질문만 할 수는 없습니다. 아이가 질문했을 때 간혹 답하기 어렵거나 아는 내용이지만 바로 설명이 되지 않을 때는 잘 모른다고 창피해할 필요는 없습니다. 그럴 때는 "좋은 질문이네. 엄마도 궁금한데, 같이 찾아볼까?"라고 솔직하게 말하고 함께 찾아보면 됩니다. 아이는 부모와 함께 배운다는 사실 자체만으로도 정서적으로 큰 즐거움을 느낍니다. 모든 질문에 답을 해줘야 한다는 부담을 버리고 상황에 따라 유연하게 대처하는 태도를 보인다면 아이와 부모의 소통이 훨씬 원활해질 것입니다.

감 정 일 기 쓰 기 t i p

✎ 내가 궁금해하는 분야 알아보기

✎ 내가 나에게 궁금한 점을 셀프 인터뷰로 작성하고 소감 쓰기

날씨 관찰하기 :
사진 촬영과 함께하는
세 줄 감정일기 쓰기

감정일기 수업은 과제에 대한 부담을 줄이고, 아이들이 스스로 하고 싶고 할 수 있게 이끌어갑니다. 사진 촬영과 함께하는 세 줄 감정일기 쓰기는 누구나 쉽게 할 수 있습니다. 매일 아무 생각 없이 걷던 길도 잠시 멈춰 사진 한 장 찍는 것만으로 이미 반은 했기 때문입니다. 이렇게 작은 습관으로 시작해보세요.

방법

1. 하루에 한 장 사진을 찍습니다.

2. 날짜와 '오늘의 감정날씨'를 작성합니다.

3. 오늘 느낀 감정 중에 가장 기억에 남는 감정으로 세 줄 감정일기를 작성

   합니다.

   (오늘의 감정날씨나 사진과 연관 지어 작성하면 더욱 좋습니다.)

예시

초등학교 3학년 다은의 감정일기

7월 14일 금요일   오늘의 감정날씨 : 설렌다

오늘 비가 그쳐서 아빠 따라 세차장에 갔다가 무지개를 봤다.

무지개는 정말 7가지 색깔이었다.

반짝반짝 빛나는 무지개를 가까이에서 보니까 설레고 기뻤다.

3장

표현력
내 안의 어린이
불러내기

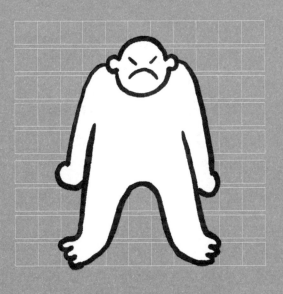

미러링
효과 mirror effect

아이들 수업을 할 때 가끔 통제하기 너무 힘든 아이를 만날 때가 있습니다. 초등학교 3학년 민율이는 첫인사를 나누는 순간부터 인상 쓰고 소리 지르고, 신경질을 부렸습니다.

"아, 진짜 짜증 나요. 자고 있는데 엄마가 깨우더니 그냥 차에 타라고 해서 타고, 갑자기 여기 교실로 들어가래요. 그래서 여기가 뭐 하는 데냐고 물어봤더니 시끄럽다고 그냥 들어가기나 하래요. 여기 뭐 하는 데예요?"

민율이 어머니는 민율이에게 의견을 묻거나 설명을

해주지 않고 일방적으로 교육을 신청하고 막무가내로 들여보냈습니다. 그러니 민율이 마음도 좋지 않았겠죠. 그런데 저는 그다음에 보인 민율이 행동이 염려스러웠습니다. 엄마가 어떤 표정으로 짜증을 냈고, 어떤 말로 화를 냈으며, 어떤 제스처로 몸을 흔들면서 분노를 표현했는지, 그대로 따라 하고 있었습니다. 엄마의 말과 행동까지 보여주지 않아도 괜찮다고 얘기했지만, 민율이는 큰 소리로 말했습니다.

"왜요? 우리 엄마 짜증 내는 거 진짜 웃긴데요. 제가 똑같이 흉내 낼 수 있어요. 꼭 몸을 이렇게 흔들면서 발로 땅을 막 쿵쿵 밟으면서 '아! 나도 모른다고! 그냥 입 다물고 하라는 대로 하라고!' 이러면서 막 방방 뛰어요. 이렇게요."

아이들은 깔깔대고 웃었지만 저는 편하게 웃을 수 없었습니다. 민율이가 엄마를 보고 따라 했던 말과 행동이 너무나 생생했고, 얼마나 인상을 쓰고 살았는지 이미 민율이의 미간에는 주름이 잡혀있었습니다. 가만히 있어도 인상 쓰고 있는 것 같은 얼굴과 목에 핏대를 세우며 고래고래 소리 지르던 탓에 평소 말할 때도 꼭 누군가와 싸우는 것처럼 느껴졌습니다. 처음엔 민율이 때문에 수업도 순조롭게 이어가지 못하고 정리가 되지 않았습니다. 그런데 작은 메모지에 감정일기를 쓰는 민율이를 보면서 저렇게 작은 아이가 악을 쓰느라 힘들지 않을까, 자기도 어쩌지 못하는 자기 마음 때문에 괴로운 건 아닐까, 안타까웠습니다.

"민율아, 오늘은 이왕 왔으니까 수업 끝까지 들어보고 하기 싫으면 다음 주부터는 안 나와도 돼. 엄마한테 혼나지 않게 선생님이 잘 말씀드릴게. 알았지?"

"어차피 뻔해요. 이러고(표정과 몸짓을 흉내 내며) 짜증 낸다니까요. 그리고 '다 너를 위해서 하라는 거야.' 맨날 그래요."

사랑하면 닮는다는 말, 들어보셨나요? 심리학자 로버트 자이언스Robert Zajonc 교수는 외모의 유사성 연구를 실시했습니다. 110명의 대학생에게 12쌍의 부부 사진을 두 장씩 총 24장을 보여주었습니다. 첫 번째는 결혼 1년 차 때 사진, 두 번째는 결혼 25년 차 때 사진이었습니다. 그리고 대학생들에게 두 사람이 얼마나 닮았는지 평가하게 했습니다. 오로지 얼굴로만 평가하도록 얼굴 외에 모든 배경은 삭제했습니다. 실험 결과, 신혼부부 때 사진보다 25년을 함께 산 이후의 부부 사진이 훨씬 더 외모가 닮았다는 평가를 받았습니다. 상대방과 보낸 시간만큼 더 닮게 된다는 이야기인데요. 연구자들은 음식, 같은 집에서 살았다는 환경적인 요소 등 몇 가지 가능성을 제기했지만 크게 설득력은 없었습니다.

가장 힘을 얻은 것은 바로 '공감과 감정 이입'이었습니다. 오랜 시간을 함께 보내고 비슷한 생각을 공유하면서 표현도 닮아가면 점점 더 비슷하게 보인다는 의미입니다. 예를 들어, 웃는 모습이 닮으면 나이가 들면서 얼굴에 비슷한 모양의 주름이 생길 수 있습니다. 자이언스 박사는 표정에 관한 연구로도 유명한데, 그의 연구에 의하면 거울 뉴런Mirror neuron 체제에 의해 상대방의 표정을 따라 하는 행동만으로도 그 사람의 감정에 공감할 수 있다고 합니다. 과학적으로 인간의 뇌 신경 중 거울 뉴런이 작용하면서 발생하는 효과로 우리는 다른 사람을 학습·모방함으로써 상대방을 이해하게 됩니다.

부모와 자녀는 부부만큼, 아니 어쩌면 그보다 더 정서적인 교류가 깊은 관계입니다. 자녀는 정서적인 교류를 통해 부모와 안정적인 애착 관계를 맺고 올바른 자아 정체감을 성립하게 됩니다. 부모-자녀는 특별한 이유가 없다면 적어도 20년 이상 함께 살면서 외모는 물론 감정도 닮아갑니다. 오랜 시간 감정을 공유하면서 웃음도 울음도 함께 합니다. 결국 비슷한 위치에 주름이 생기고, 표정과 분위기도 닮았다는 느낌을 주게 됩니다.

심리학 용어 중 '거울 효과mirror effect'가 있습니다. 상대방의 언어나 비언어의 일부 또는 전부를 거울 속에 비친 것처럼 그대로 따라 하는 행위를 말합니다. 한사람이 다른 사람의 동작이나 몸짓, 말투, 태도, 어휘 등을 무의식적으로 모방하는 행동을 뜻합니다. 거울 효과 또는 동조 효과라고도 하는 이 현상은 가족이나 가까운 친구들과 함께 있을 때 발생하며, 당사자들은 알아차리지 못하는 경우가 많습니다. 1902년 미국의 사회학자 찰스 호튼 쿨리는 '거울 효과'를 제기하면서 "모든 사람은 다른 사람의 거울이고, 그들의 모습을 반영한다."라고 했습니다. 우리가 표현하는 표정, 말투, 동작은 우리도 모르는 사이에 가장 가까운 사람들과 많은 영향을 주고받습니다. 저는 아이들에게 거울 효과에 대해 최대한 쉽게 설명을 했습니다. 그때 민율이가 말했습니다.

"아! 그럼 우리 엄마랑 아빠는 따로 살아서 자주 안 보니까 안 닮은 거예요? 아빠는 화를 안 내는데 엄마는 맨날 화내는데요?"

상황을 들어보니 민율이 부모님은 아버지가 지방으로 발령이 나서 주말부부로 지내며 어머니 혼자 자녀 2명을 양육하고 있었습니다. 그래서 민율이 어머니도 마음에 쌓인 스트레스를 해소하지 못하고 지내는 건 아닐까 생각했습니다.

"그럼 엄마가 화내고 짜증 내도 제가 웃으면 엄마도 웃어요?"
"음…민율이는 엄마 웃는 얼굴 보고 싶어?"
"……."

선뜻 대답하지 못하는 민율이를 보면서 우리가 평소에 한 가지 감정으로만 표현하고 사는 건 아닌지 생각해 봤습니다. 양육에 대한 책임감으로 사랑하고 걱정되는 모든 감정을 화로 표현하는 민율이 어머니와 그 모습 그대로 닮아가는 민율이가 서로를 향해 조금만 힘을 빼고 미소를 지어준다면 얼마나 좋을까요. '화'라는 감정은 여러 단계 강도를 거치면서 심해지면 결국 폭발하게 됩니다. 효과적인 감정 관리는 아동기와 청소년기 적응 행동의 발달에 많은 영향을 미칩니다. 특히 '화' '짜증' '분노'와 관련된 감정들이 그렇습니다. 다양한 감정을 표현하기 위해서는 한 가지 감정을 과하게 표현하기보다 힘을 조금 빼야 할 때도 있습니다.

이탈리아 칼리아리대학교의 레나티 로버Renati Roberta 교수의 연구에서 '화'의 감정은 언어로 표현하면 반응 억제에 도움이 될 수 있다는 것이 밝혀졌습니다. 사람들의 감정을 감정 단어로 표현했더니 스트레스 강도가 낮아져 파괴적인 언행이 낮아진 것을 확인했습니다. 감정을 구체적으로 묘사하면 내부에서 분출된 감정은 육체적으로 반응하려는 충동이 줄어들기 때문입니다. 또한, 감정묘사가 세밀해지면 사람의 공격적인 성향도 줄어드는 것으로 나타났습니다. 감정이 인지 과정을 거치면서 묘사 단어가 반응을 억제할 수 있기 때문입니다. 결국 연구자들은 감정일기의 활용이 인간의 정서 및 사회 인지 발달을 촉진하는 훌륭한 도구라고 말합니다. 감정일기는 대부분 혼자 쓰지만 가끔은 감정을 공유하는 가까운 사람과 함께 써보세요. 거울을 바라보듯 서로의 감정을 바라봐 주세요. 평소 서로에게 말하지 못했던 얘기를 나누고 서로의 표정을 보면서 마음이 어떤지 알아보세요. 표정과 몸짓은 감정을 표현하는 중요한 비언어적 요소입니다. 내가 느끼는 감정에 따라 자유롭게 표정을 짓고 적당한 말로 표현할 줄 알아야 하듯, 다른 사람의 표정을 보고 어떤 마음일지 짐작하고 알아채는 것도 중요한 사회적 능력이 됩니다. 감정일기를 함께 써보면 미처 몰랐던 서로의 모습을 발견하게 되고 상대의 감정을 파악하게 됩니다. 나와 상대를 이해하려고 노력한다면 자신과 타인을 존중하는 태도를 가질 수 있습니다.

초등학교 3학년 민율이의 감정일기

4월 8일 목요일   오늘의 감정날씨 : 어리둥절

자다가 엄마가 깨워서 세수만 하고 차를 탔다. 어디 가냐고 물어봤더니 엄마도 모른다고 했다. 엄마도 모르는데 나를 왜 데리고 가는지 모르겠다. 갑자기 들어가라고 한 곳에 들어갔더니 감정일기를 쓰라고 했다. 나는 다른 애들 앞에서 우리 엄마가 화내는 모습을 따라 했다. 애들이 재밌다고 웃었다. 나는 엄마 흉내를 잘 낸다. 그런데 그게 엄마를 매일 보면서 거울을 보는 것처럼 따라 해서 그런 거라고 했다. 형이랑 나는 엄마 닮았다는 말을 많이 듣는다. 매일 보고 따라 해서 그런가 보다. 그럼 아빠를 더 자주 보면 아빠를 닮을까? 내가 아빠를 닮았으면 더 잘 생겼을 텐데 아빠랑 멀리 살아서 아쉽다. 아빠랑 영상 통화를 해야겠다.

감 정 일 기 쓰 기 t i p

- 나와 가족의 닮은 부분 찾아보기
- 나도 모르게 누군가를 따라 하고 있던 모습을 떠올려보고 느껴지는 감정표현 쓰기

내 감정과
친해지기

"그런 건 고민한다고 되는 게 아니잖아. 사귀자고 해봐. 솔직하게 너의 마음을 표현하는 것도 나쁘지 않을 것 같아."

"근데 차이면 어떡하지?"

"차이든 사귀든 뭐든 받아들여야지. 체육 선생님이 그러셨잖아. 이기든 지든 뭐든 받아들여야 한다고."

이 대화는 2023년에 선보인 학생 단편영화 〈사랑이 뭐예요?〉의 일부분으로 초등학교 여학생 3명이 나누는 대화입니다. 같은 반 남학생 '현우'를 짝사랑하는 '예나'가 현우에게 고백할까 고민하며 친구들과 얘기를 나누는 모습이 사뭇 진지합니다. 이 영화는 제4회 충남학생단편영화제 최우수상,

제7회 서울국제어린이창작영화제 경쟁부문 작품상, 제17회 부산국제어린이청소년영화제 '리본더비키'부문 초청, 제18회 대만국제어린이영화제 초청 등 큰 성과를 거뒀습니다. 초등학생들의 이성 교제를 현실감 있게 그려내면서 사람은 '사랑'과 '관계'로 성장한다는 메시지를 전달합니다. 초등학생들의 이성 교제는 어른들이 보기엔 그저 다른 친구들보다 조금 더 친한 정도로 보입니다. 때론 유치하고 시시합니다. 그런데 유치하고 시시해서 용감하기도 합니다. 여러분은 사랑에 용감했던 경험이 있나요?

감정일기 수업을 하면서 초등학교나 중·고등학교에서 가끔씩 커플이나 삼각관계의 주인공들을 만납니다. 현장에서 만나는 러브스토리가 얼마나 생생하고 재밌는지 드라마를 따로 보지 않아도 될 정도입니다. 그중 아주 용감했던 초등학교 3학년 채윤이의 사랑 이야기를 소개하겠습니다. 하루는 채윤이가 수업시간보다 30분이나 일찍 와서 저와 단둘이 있었습니다.

"선생님, 다람쥐가 예뻐요?"

"다람쥐? 음…귀엽지. 다람쥐 봤어?"

"아니요. 그게 아니라요…우리 오빠 친구 중에 민재 오

96

빠라고 있거든요. 그 오빠가 어제 우리 집에 놀러 왔어요. 근데 저한테 다람쥐 닮았대요. 그래서 다람쥐 사진을 찾아보니까 어떤 건 귀엽고 어떤 건 이상해요. 다람쥐 닮았다는 게 좋은 거예요?"

"음…다람쥐 닮았다는 말을 들었을 때 채윤이는 기분이 어땠어?"

"모르겠어요. 그냥 떨렸어요."

"떨렸어? 민재 오빠가 얘기해서 떨린 거야? 만약에 다른 사람이 얘기했으면 어떨 거 같아?"

"다른 사람이요? 누구요? 우리 오빠요?"

"응. 오빠가 말했어도 떨렸을까?"

"아니요. 우리 오빠는 저한테 개미 닮았다고 했어요. 오빠랑은 얘기하기 싫어요."

채윤이는 '다람쥐 닮았다'라는 말 한마디가 계속 신경 쓰이는 눈치였습니다. 신경이 쓰이면 그 사람이 궁금해지고, 궁금한 사람이 좋아하는 사람이 되면 그곳엔 어느새 사랑이 있다고 합니다. 채윤이가 그동안 느꼈던 감정과는 다른 감정을 경험하는 것 같았습니다. 친구들이 오자 채윤이는 다람쥐가 예쁜지 계속해서 물었습니다. 아이들도 저와 같은 생각을 했습니다.

"너 민재 오빠 좋아해? 왜 자꾸 그것만 물어봐?"
"다람쥐 닮았다는 게 다람쥐가 예뻐야 내가 예쁘다는 거 아니야? 그러니까 궁금하지."

우리는 채윤이의 마음도 알아볼 겸 감정 카드를 활용해 보기로 했습니다. 자기 마음을 자기도 모르겠고, 이게 어떤 감정일지 헷갈릴 때, 어떻게 표현해야 할지 모를 때, 감정 카드가 도움이 됩니다. 다양한 감정이 적힌 카드를 펼쳐 놓고 채윤이에게 '지금 느껴지는 감정'을 골라보라고 했습니다. 채윤이는 어떤 감정 카드를 뽑았을까요?

떨림, 기대된다, 기쁨, 즐겁다, 궁금하다, 이렇게 다섯 개의 감정 카드를 뽑았습니다.

"채윤이가 뽑은 감정 카드 하나씩 얘기해줄 수 있어?"
"민재 오빠가 저보고 다람쥐 닮았다고 해서 떨렸어요. 내일도 민재 오빠가 우리 집에 놀러 올 것 같아서 기대되고, 그래서 기쁘고 즐거워요. 근데 저한테 왜 다람쥐를 닮았다고 했는지 궁금해요. 내일 놀러 오면 물어볼래요."

그렇게 일주일이 지나고 다시 만났을 때, 모두의 관심사가 채윤이에게 쏠렸습니다. 세상에서 제일 재밌는 이야기가 남의 연애 이야기라더니, 아이들도 어른들과 별반 다르지 않았습니다. 채윤이는 민재 오빠에게 궁금한 것을 물어봤고 기분 좋은 답변을 들었습니다.

"민재 오빠가 다람쥐는 작고 귀엽고 예쁘대요. 그래서 보호해 주고 싶대요."
"오~~~"

여기저기서 환호성이 들렸고, 채윤이는 친구들의 질문에 바쁘게 대답을 이어갔습니다.

"그래서 어떻게 됐어? 사귀기로 했어?"
"응. 내가 오빠 보면 떨리고 좋다고 했어. 오빠도 나 좋대."
"오~~그럼 언제가 1일이야?"
"1일? 모르겠는데."
"그걸 알아야 100일을 기념하지."

"어차피 100일이 지나도 계속 좋을 건데, 왜 100일만 기념해?"

독일의 미술사학자 장 폴 리히터Jean Paul Richter는 "인간의 감정은 누군가를 만날 때와 헤어질 때 가장 순수하며 가장 빛난다."라고 말했습니다. 저는 아이들의 대화를 들으면서 "자기감정과 친할수록 순수하게 빛난다."라는 말을 추가하고 싶었습니다. 자기감정을 등한시하지 않고, 잘 알아주는 채윤이는 자신의 감정에 집중하면서 솔직하게 표현했습니다. 자기감정을 잘 이해해 주고 친해지는 것, 이것이 바로 자신을 존중하고 사랑하는 방법입니다.

그럼 어떻게 해야 내 감정과 친해질 수 있을까요. 친구들과 같이 얘기하고 놀아야 친해질 수 있는 것처럼 감정과 자주 놀면서 대화를 나눠야 합니다. 여러 종류의 감정이 있다는 것을 배우고 자신이 느끼는 감정을 알아차리는 것이 시작입니다. 감정 카드나 감정 목록을 활용하면 도움이 됩니다. 그리고 내가 느끼는 감정을 그대로 인정해 주고, 누군가에게 표현할 수 있다면 더욱 좋습니다. 아직 표현하는 게 어렵다면 감정일기에 글로 먼저 표현해 보는 것을 추천합니다. 그러면 내 안에 표현하지 못해서 쌓이고 묵힌 감정들이 줄어들고, 마음에도 공간이 생깁니다. 그 공간은 누군가를 포용하고 받아줄 수 있는 자리를 만들어 주고, 다른 사람들의 마음도 읽어줄 수 있는 여유가 생길 것입니다. 그럴 때 나자신은 물론, 다른 사람과도 좀 더 건강한 관계를 맺을 수 있습니다.

감정 목록

욕구가 충족되었을 때

- 평화로운 · 재미있는 · 편안한 · 평온한
- 생기 도는 · 기운 나는 · 원기 왕성한
- 마음이 넓어지는 · 너그러워지는
- 매료된 · 고요한 · 긴장이 풀리는
- 흥미가 있는 · 진정되는 · 궁금한
- 유쾌한 · 안도감이 드는 · 전율이 오는
- 호기심이 드는 · 통쾌한 · 놀란 · 느긋한
- 흐뭇한 · 감격스런 · 흡족한 · 벅찬
- 고마운 · 용기나는 · 감사한 · 개운한
- 반가운 · 뿌듯한 · 든든한 · 후련한
- 다정한 · 수줍은 · 만족스러운 · 짜릿한
- 부드러운 · 자랑스러운 · 행복한 · 기쁜
- 신나는 · 산뜻한 · 황홀한 · 즐거운
- 무아지경의 · 기대에 부푼
- 흥분되는 · 희망에 찬

욕구가 충족되지 않았을 때

- 성난 · 안절부절하는 · 격노한 · 귀찮은
- 풀이 죽은 · 화가 난 · 냉랭한 · 분개한
- 기운이 빠지는 · 맥 빠진 · 억울한
- 뒤숭숭한 · 언짢은 · 당혹스러운
- 초조한 · 얼떨떨한 · 조급한 · 서운한
- 혼란스러운 · 불안한 · 섭섭한 · 슬픈
- 갈등되는 · 거북스러운 · 실망한 · 아픈
- 마비가 된 듯한 · 낙담한 · 경직된
- 무기력한 · 암담한 · 지겨운 · 수줍은
- 막막한 · 외로운 · 걱정스러운 · 비참한
- 근심스러운 · 허전한 · 긴장된 · 공허한
- 압도된 · 두려운 · 놀란 · 불안한
- 겁나는 부끄러운 · 좌절스러운 · 피곤한
- 짜증난 · 지친 · 부러움 · 지루한
- 아쉬운

출처 : Rosenberg, Marshall B(2003), A Language of Life: Nonviolent Communication

흔히 감정을 긍정적 감정과 부정적 감정으로 나누고 부정적인 감정은 느끼고 표현하면 좋지 않다고 생각합니다. 그러나 내가 원하는 '욕구가 충족되었을 때' 느끼는 감정과 원하는 방향과 맞지 않아서 '욕구가 충족되지 않았을 때' 느끼는 감정으로 나눠서 생각해 보면 감정을 좀 더 깊이 알 수 있습니다. 물론 모든 감정이 두 분류로 정확하게 나뉘지는 않습니다. 간혹 '수줍은' '놀라움'과 같은 감정은 욕구가 충족되었을 때와 충족되지 않았을 때 모두 느낄 수 있는 감정입니다. 좋아서 수줍고 기뻐서 놀라울 수도 있으며, 숫기가 없어 다른 사람 앞에서 말이나 행동을 하는 것이 어렵고 부끄러워서 수줍고 좋지 않은 소식을 들어서 놀랐을 수도 있기 때문입니다. 감정은 내가 원했던 욕구가 잘 채워지고 있는지 어떻게 해야 하는지 메시지를 보내줍니다. 그 감정을 알아차리고 이해하면 나침반처럼 길을 알려주는 역할을 합니다.

초등학교 3학년 채윤이의 감정일기

2월 12일 월요일   오늘의 감정날씨 : 애정을 느낌

영어 학원 수업이 끝나고 민재 오빠를 만났다. 오빠는 우리 밑에 층에서 태권도 수업을 마치고 왔다. 우리는 드림디포에 가서 커플링을

맞추기로 했다. 오빠는 갈색 곰돌이, 나는 핑크색 곰돌이 반지를 골랐다. 그런데 반지 2개를 다 민재 오빠가 샀다. 나도 용돈 모아놔서 돈이 있다고 했는데 오빠가 사주고 싶다고 했다. 엄마는 요즘 현대 여성은 돈을 같이 내는 거라고 했었는데 민재 오빠는 그런 거 싫다고 했다. 그런데 현대 여성이 뭐지? 아무튼 민재 오빠랑 커플링을 끼고 마시멜로우를 사먹었다. 같이 먹으니까 훨씬 맛있었다. 내일은 감자튀김을 먹으러 가기로 했다. 지금부터는 시간이 빨리 흘렀으면 좋겠다.

감정일기 쓰기 `tip`

✎ 오늘 하루 내가 느낀 감정 단어에 동그라미 체크하기
✎ 동그라미 체크한 감정 단어를 보며 어떤 상황에서 그렇게 느꼈는지 쓰기

좌절된 욕구
파악하기

남녀노소 불문하고 감정일기 강의에서 가장 많이 나오는 이야기는 '분노'라는 감정에 관련된 내용입니다. 분노는 워낙 복합적인 감정이라서 표현하기, 억누르기, 해소하기, 조절하기, 그 어떤 것도 쉽지 않습니다. 얼마나 조절하는 게 어려운 건지 '기쁨조절장애', '슬픔조절장애'라는 말은 없는데, 유독 '분노'라는 감정에 대해서는 그것을 잘 처리하지 못하면 '조절장애'라고 합니다. 일반적으로 우리가 알고 있는 분노는 분개하여 몹시 성을 내는 것을 말하죠. 조금 더 깊이 들어가 볼까요? 분노에 대한 정의는 '자신의 욕구 실현이 저지당하거나 어떤 일을 강요당했을 때, 이에 저항하기 위해 생기는 부정적인 정서 상태'를 의미합니다. 저는 여기서

'욕구 실현의 저지'에 주목합니다. 분노는 나의 욕구가 좌절되었다고 느끼면 올라옵니다. 다른 사람 때문에 화가 날 때도 마찬가지입니다.

'나를 가장 화나게 하는 순간'에 대해서 아이들과 이야기를 나눌 때였습니다. 초등학교 6학년 준혁이는 '동생이 잘난 척할 때' 화가 난다고 말했습니다. 준혁이 동생은 수학 영재로 학교에서도 유명하다고 했습니다.

"잘난 척만 하면 됐지. 꼭 저를 무시하는 말을 하니까 그럴 때마다 너무 화가 나요."

그동안 준혁이의 감정일기에는 동생 준선이가 자주 등장했습니다. 대부분 동생 때문에 화가 나고 자신은 인정받지 못해서 속상하다는 내용이었습니다. 준혁이처럼 한 명의 대상에게 유난히 화가 날 때, "OO 때문에 화가 난다."에서 끝나는 경우가 많습니다. 만약 그 상황이 계속 반복된다면 나를 분노하게 만드는 사람과 상황, 그리고 그 상황에서 좌절된 나의 욕구가 무엇인지 파악해 보면 좀 더 깊게 자신의 마음을 들여다볼 수 있습니다. 동생의 어떤 말과 행동이 준혁이의 욕구를 좌절시켰는지 욕구 목록을 이용해서 찾아보기로 했습니다.

욕구 목록

생존 욕구 (신체, 정서, 안전)	• 공기 • 물 • 음식 • 주거 • 휴식 • 수면 • 성적 표현 • 신체적 접촉(스킨십) • 신체적 안전 • 정서적 안정 • 경제적 안정 • 편안함 • 애착 형성 • 자유로운 움직임 • 운동 • 건강 • 웰빙 • 돌봄 받음 • 보호 받음
사회적 욕구 (소속감, 협력, 사랑)	• 친밀한 관계 • 유대 • 소통 • 연결 • 배려 • 존중 • 상호성 • 공감 • 이해 • 수용 • 지지 • 협력 • 도움 • 감사 • 애정 • 관심 • 우정 • 가까움 • 나눔 • 연민 • 소속감 • 공동체 • 상호의존 • 안도 • 안심 • 위로 • 위안 • 신뢰 • 확신 • 예측 가능성 • 일관성 • 참여 • 성실성 • 책무 • 책임 • 평화 • 여유 • 아름다움 • 가르침 • 성취 • 공유 • 유연성 • 상대 돌봄 • 상대 보호
힘의 욕구 (성취, 인정, 자존)	• 평등 • 질서 • 조화 • 자신감 • 자기 표현 • 자기 신뢰 • 중요하게 여겨짐 • 유능감 • 능력 • 존재감 • 공정 • 공평 • 진정성 • 투명성 • 정직 • 진실 • 인정 • 일치 • 개성 • 숙달 • 전문성 • 자기 존중 • 정의 • 보람
자유 욕구 (독립, 자율성, 선택)	• 생산 • 성장 • 창조성 • 치유 • 선택 • 승인 • 자유 • 주관을 가짐(자신만의 견해나 사상) • 자율성 • 독립 • 혼자만의 시간
재미 욕구 (놀이, 배움)	• 재미 • 놀이 • 자각 • 도전 • 깨달음 • 명료함 • 배움 • 자극 • 발견
삶의 의미 욕구 (인생 예찬, 꿈, 회복)	• 의미 • 인생 예찬(축하, 애도) • 사랑 • 비전 • 꿈 • 희망 • 영적 교감 • 영성 • 영감 • 존엄성 • 기여

출처 : William Glasser: Basic - needs/ Marshall B. Rosenberg : Needs list

자신의 어떤 욕구가 좌절되었는지 탐색하고 알게 되면 그 욕구를 충족시킬 수 있는 방법을 찾는데 집중할 수 있습니다.

욕구는 감정의 원인이며, 사람들의 행동을 활성화하고 방향을 결정하는 요소입니다. '내가 무엇을 원하고 있는가?' '내게 필요한 것은 무엇인가?'는 사람마다 다릅니다. 당연히 매 순간 모든 욕구를 충족하며 살 수는 없지만, 인간은 욕구를 충족하기 위해 살아가는 존재들인 만큼 다양한 욕구를 알고 있으면 자신에게 중요한 것이 무엇인지 알아가는 데 도움이 됩니다. 사람이 가장 예민한 시기는 식욕 및 수면욕 등 기본적인 욕구가 충족되지 않았을 때라고 합니다. 사람이라면 누구나 느끼는 보편적인 욕구부터 상황에 따라 자신에게만 올라오는 욕구가 생길 수도 있습니다. 욕구를 억누르고 참는 것이 아니라 올라오는 욕구를 잘 알아차린다면, 다른 사람들이나 환경에 의해 휘둘리는 삶이 아니라, 진짜 내가 무엇을 바라는지 알고 행동할 수 있게 됩니다.

준혁이에게 중요한 욕구 3~5개를 골라서 동그라미 표시를 해보라고 했습니다. 한참을 진지하게 보더니 **흥미, 열정, 자신감, 인정, 따뜻함,** 다섯 가지를 선택했습니다.

"이렇게 다섯 개를 선택한 이유 얘기해줄 수 있어?"

"저는 미술이랑 축구에 흥미가 있고 잘해요. 앞으로 더 잘할 자신감도 있고 열정도 있어요. 그런데 엄마 아빠는 수학 잘하는 동생만 칭찬하고 저한테는 쓸데없는 것만 잘한대요. 저도 잘하는 게 있는데 왜 그건 인정해 주지 않고 칭찬도 안 해 주는지 모르겠어요. 부모님이 그럴 때마다 제가 잘하는 것도 하기 싫어져요. 미술이랑 축구가 진짜 쓸데없는 거예요?"

사람은 무언가 신나게 하려면 본인의 흥미나 열정도 중요하지만 가족이나 주변 사람들의 인정과 따뜻한 응원, 지지가 필요합니다. 준혁이는 그림을 그리고 있으면 시간 가는 줄 모른다고 했습니다. 그런데 집에서 그림을 그릴 때마다 '그 시간에 수학 문제나 하나 더 풀어라' '그렇게 그림이나 그리고 있으니 동생만도 못하지' 이런 말들을 들었고, 그럴 때마다 화가 나고 무기력해졌습니다. 거기에 동생 준선이까지 '수학 문제 틀린 거 없어? 내가 가르쳐 줘?'라고 말하는데, 그 말이 너무 듣기 싫다고 했습니다. 준혁이의 좌절된 욕구는 무엇이었을까요? 바로 인정받고 사랑받고자 하는 욕구였습니다. 최초의 인간관계인 부모 자녀 사이에서 인정 욕구, 사랑 욕구가 충족되지 않으면 아이는 떼를 써보기도 하고, 사랑받기 위한 노력도 해보고 자기 나름대로 다양한 방법을 시도합니다. 그래도 도무지 충족되지 않으면 불편한 감정을 처리할 다른 방법을 찾게 됩니다. '어차피 안 되는구나.' 생각하며 자기 욕구를 포기하는 것입니다. 그러나 욕구는 인간이 살아가기 위해 필요한 物을 획득하려고 하는 '생존'과 관련된 개념으로 그리 쉽게 포기할 수 없고 사라지지도 않습니다.

인간은 기본적인 욕구가 좌절되면 불만족스럽고 화가 납니다. 그런데 그 화조차 받아들여지지 않으면, 화를 억압하게 됩니다. 해소하지 못하고 쌓아둔 화는 적개심으로 변합니다. 화가 폭발적으로 드러날 수도 있는 위험한 상황까지 갈 수도 있습니다.

인간은 살아가면서 관심, 보살핌, 애정 등 다양한 대인관계 욕구를 갖게 됩니다. 이런 욕구가 충족되면 안정감을 느끼지만 좌절된다면 스트레스에 취약한 상황에 놓이게 됩니다. 준혁이는 관계 욕구에서 가족에 소속되고 싶은 욕구도 충족되지 않았습니다. 가족으로부터 소외되고 있다고 느꼈고, 소속감을 느끼기 어려웠습니다. 연결되고자 하는 욕구 또한 인간의 기본적 욕구이며, 소속감에 대한 욕구가 좌절되었을 때 정신적, 신체적인 건강에서 부정적인 결과를 가져올 수 있습니다. 욕구 목록을 보면서 내가 원하는 것을 찾아보세요. 그리고 좌절된 욕구가 있다면 이 욕구들을 어떻게 채워줄 수 있을지 방법을 생각해 보면, 내면의 아우성을 가라앉히고 내 삶의 만족도를 높일 수 있습니다.

초등학교 6학년 준혁이의 감정일기

1월 15일 월요일   오늘의 감정날씨 : 답답해서 미침

준선이가 수학경시대회에서 또 만점을 받았다. 엄마 아빠는 기뻐하셨지만 나는 기쁘지 않았다. 이번에도 잘난 척하고 나를 무시할 게 뻔하다. 저녁에 고기를 먹으러 가서도 마음이 불편했다. 나만 빼고 모두 행복해 보였다. 수학 학원은 내가 먼저 다녔고 나는 아무리 문제를 많이 풀어도 만점을 못 받는데 준선이는 만점을 쉽게 받는 것 같다. 그래서 맨날 자기가 머리가 더 좋은 거라고 말한다. 나는 그럴 때마다 준선이가 얄밉고 화가 난다. 엄마 아빠는 수학 학원을 그렇게 다녔는데 넌 왜 못하냐고 말하는데 나는 수학보다 그림 그리는 게 좋다. 꼭 수학만 잘해야 하는 건 아니다. 내가 잘하는 건 칭찬도 안 해주고 수학만 잘하길 바라는 엄마 아빠도 이해가 안 된다. 화가 나면 준선이가 안 보이는 곳에 가서 마음을 가라앉히려고 노력한다. 그런데 마음이 가라앉지 않고 마음속에서 욕이 나온다. 답답해서 미치겠다.

감정일기 쓰기 tip

- ✎ 내가 중요하게 여기는 욕구 5가지 찾기
- ✎ 욕구를 실행할 방법을 쓰고, 실행했을 때와 실행하지 못했을 때의 감정 쓰기

순응하는 어린이 vs
자유로운 어린이

정신과 의사 에릭 번Eric Berne은 사람들 사이에 이루어
지는 교류, 즉 대화를 분석하는 기법이자 대인관계 능력을 향
상시키고, 심리치료를 위한 검사로 교류분석이론Transactional
Analysis을 창시했습니다. 인간 마음의 구조를 P.A.C (Parent
Ego, 부모 자아) (Adult Ego, 어른 자아) (Child Ego, 어린이 자아)로
구분하고, 이를 구조에 따라 구분하면 다섯 가지 자아(비판적
부모 자아, 양육적 부모 자아, 어른 자아, 순응하는 어린이, 자유로운
어린이)로 구분된다고 했습니다.

성인을 대상으로 하는 감정일기 수업에서는 자기 이
해를 돕기 위한 과정으로 심리검사도 함께 실시하고 해석합
니다. 그때 하는 검사가 교류분석, PAC 자아검사입니다. 많

은 심리검사 중에 이 검사를 하는 이유는 우리가 부모에게서 어떤 영향을 받았는지, 그 영향으로 어른으로서의 나는 어떤지, 내 안에 있는 어린이의 모습까지 볼 수 있기 때문입니다.

부모 자아는 생애 초기 5년 동안 아이가 엄마와 아빠에게서 보고 들은 행동과 말의 기록으로 이루어지며, 편집되지 않은 채 기록됩니다. 사람의 초기 사회화는 부모로부터 전해집니다. 부모님과 선생님 등 중요한 역할을 하는 어른들의 생각과 감정이 아이에게 자연스럽게 흡수되고 한 인격의 일부가 되어 내면화되는 것입니다.

어른 자아는 생각하고 예측하고 세상일을 어떻게 풀어갈지 파악합니다. 이러한 방법 역시 대부분 부모에게서 배운 것들입니다. 어린이 자아는 생애 초기 5년 동안 외부 사건에 대한 반응을 내면적인 사건으로 영구 기록한 것입니다. 여기서 가장 강력한 내면 사건은 감정입니다. 5세 이전에 경험한 사건, 부모와의 관계에서 경험한 감정 및 반응양식이 내면화된 것입니다.

아이는 생애 초기에 표현할 수 있는 어휘가 많지 않아서 대부분의 경험은 '감정'으로 기록됩니다. 어린 시절의 감정과 반응, 경험이 중요한 이유는 어른들에 의해 내면화된 것을 우리가 알아차리고 변화시키는 것이 쉽지 않기 때문입니다. 어린 시절 우리를 지배한 생각과 감정이 어른이 되어서도 반복되기 쉽고, 어린 시절 관계를 맺는 방식이 어른이 되어서도 비슷한 패턴을 보입니다. 가끔 다투는 어른들을 보면서 '유치하게 저런 거 갖고 싸우네. 수준이 딱 초등학생이다'라는 생각을 할 때가 있습니다. 그 모습이 과거의 환경에서 경험했던 어린이 자아의 실제 반응입니다. 성인이 되어서도 어린이 자아는 빈번하게 재생됩니다. 코너에 몰리거나, 의존적이거나, 부당한 비판에 직면했을 때, 일에 서투를 때 등 어린 시절에 겪었던 것과 유사한 상황에 놓이게 되면 자신도 모르게 어린이 자아가 나타납니다.

어린이 자아는 순응하는 어린이와 자유로운 어린이, 두 가지가 있습니다. 순응하는 어린이는 부모나 권위자의 관심과 사랑을 얻기 위해 그들의 요청에 부응하며 부모에 의해 길들여진 자아입니다. 순응적이고 소극적이며 의존적이지만 감정의 억압으로 앙심을 품고 있다가 갑자기 화를 내며 반항적인 모습을 보이기도 합니다. 반면 자유로운 어린이는 부모나 권의자의 반응에 상관없이 자신의 감정과 욕구를 자연스럽게 드러냅니다. 본능적이고 행동적이며 감정표현도 적극적인 모습을 보입니다. 그래서 윤리, 도덕, 타인으로부터 자유롭고 현실에 구애받지 않습니다. 자유로운 어린이의 감정은 부모의 억제적인 영향에서 벗어났지만, 이렇게 검열되지 않은 충동적인 모습이 가끔 부적절하게 표현될 때 문제가 될 수 있습니다. 우리에게는 순응하는 어린이, 자유로운 어린이, 두 어린이 자아가 모두 존재합니다. 어떤 어린이 자아가 좀 더 강하게 자리 잡고 있는지에 따라 다른 양상을 보입니다.

감정일기 수업에서 만난 성인들은 순응하는 어린이가 높게 나오는 사람들이 많습니다. '이렇게 해야 사랑받을 수 있다'라는 생각에 권위자들에게 순응하며 살아온 것입니다. 총 다섯 개의 자아 중 '자유로운 어린이'가 가장 높은 경우는 1~2명 정도에 불과합니다. 대부분 성인들이 내면 깊숙히 숨어 있는 감정들을 억압하며 드러내지 않으려고 합니다. 그에 반해 어린이들은 아직 내면화된 것들이 어른들처럼 오랜 시간이 지나지 않았기 때문에 어린이 자아가 성인보다 잘 보이는 편입니다. 이해하기 쉬운 재밌는 사례를 하나 소개하겠습니다. 초등학교 2학년 아이들에게 짧은 문장을 보여주면서 빈 네모 칸을 자유롭게 채워보라고 했습니다.

사촌이 땅을 사면 □□□□□

혹시 여러분도 우리가 모두 알고 있는 유명한 속담이 바로 생각났나요? 정답이 있는 게 아니니까 '자유롭게' 채워 보라고 했음에도 많은 아이들이 같은 답을 적었습니다. 그런데 눈에 띄는 답이 보였습니다. 초등학교 2학년 수영이가 적은 답입니다.

사촌이 땅을 사면 같이 가본다.

저는 어떤 마음으로 이렇게 썼는지 수영이의 생각이 궁금했습니다.

"수영아, 사촌이 땅을 사면 왜 같이 가보고 싶어?"
"땅을 샀으면 다른 사람들은 못 들어오고 거기서 우리끼리 놀 수 있는 거 아니에요? 와~ 너무 재밌을 거 같아요."
"거기 가서 뭐 하고 놀고 싶어?"
"땅따먹기요, 아니면 차를 못 들어오게 하고 킥보드로 엄청 세게 빨리 달려보고 싶어요."

수영이의 답변이 틀렸다고 할 수 있을까요? 개인의 역

사가 독특한 것처럼 우리의 생각과 감정도 독특합니다. 10명이 있으면 과거에 자신이 겪었던 경험에 따라 10가지의 다른 반응을 보입니다. 세상에 대한 지식은 책이나 다른 사람들로부터 얻은 간접적인 것이지만 감정은 직접적이고 분명한 지식입니다. 순응하는 어린이 자아가 높은 사람들은 감정을 드러내서는 안 되는 것이라는 말을 듣고 자란 경우가 많습니다. 어린 시절은 감정들로 이루어져 있습니다. 그런데 감정을 표현하는 것이 늘 거부되고 왜곡된다면 아이들은 자신만의 지각을 신뢰하기 두려워지고 점차 감정을 느끼지도 표현하지도 못하는 사람으로 살아가게 될지도 모릅니다.

자유로운 어린이 자아가 높은 사람들은 창의적이고 호기심이 많습니다. 모든 자아에는 강점과 약점이 있지만 저는 표현력을 키우기 위해서 우리가 '자유로운 어린이' 자아의 장점을 조금 키웠으면 좋겠습니다. 세상이 정해놓은 대로 다른 사람들이 정해놓은 틀에 갇히지 말고, 호기심을 가지고 느껴지는 대로 순수하게 표현해 보세요. 자유로운 어린이 자아가 적절하게 드러나면 주위 사람들에게 즐거움과 매력을 느끼게 합니다.

초등학교 2학년 수염이의 감정일기

10월 5일 화요일   오늘의 감정날씨 : 나를 씻겨준 비

쉬는 시간에 친구들과 게임을 했는데 내가 계속 졌다. 그래도 재 밌었다. 연우가 친구들 앞에서 피아노를 쳤는데 정말 잘 쳤다. 멋있었 다. 나도 피아노를 배우면 인기가 많아질 수 있을까? 학교 끝나고 학 원에 가려고 했는데 갑자기 비가 쏟아졌다. 우산이 없어서 그냥 비를 맞고 뛰었는데 내가 생각해도 비를 맞고 뛰는 내가 좀 멋있는 것 같 았다. 비는 맞았지만 나름 추억이 될 경험이었다.

감정일기 쓰기 t i p

🖉 내가 가장 자유롭다고 느끼는 순간 생각해보기

🖉 최근 호기심이 생기는 사람이나 동물, 사물 등에게 느껴지는 감정 쓰기

숨은 의미
찾기

여러 지역을 다니며 다양한 연령층을 대상으로 강의를 하는 저는 가끔 신기한 타이밍을 경험할 때가 있습니다. 하루에 2개의 강의 일정이 잡힌 날이었습니다. 오전은 신혼부부 대상 심리교육, 오후는 어린이 감정일기였습니다. 오전에 진행된 신혼부부 대상 심리교육에서는 심리검사와 함께 부부간의 감정 소통이 얼마나 잘 되고 있는지 알아보는 시간이었습니다. 점점 분위기에 적응한 신혼부부들이 자신들의 연애 과정과 서로의 성향에 대해 터놓고 말하기 시작했습니다. 그때 30대 후반 동갑내기 부부가 자신들이 왜 결혼을 하게 됐는지 얘기했습니다.

"저희는 아주 뜨겁게 사랑했다거나 이 사람이 아니면 안 된다거나 그런 건 아니었어요. 친구로 지내다가 그냥 이 사람이 없으면 심심했어요. 그래서 결혼했고, 지금도 큰 재미는 없지만 갈등도 없이 무난하게 살아요."

'없으면 심심해서' 결혼했다고는 했지만 뭔지 모를 안정감과 신뢰감이 느껴졌습니다. 오히려 역대급 로맨스를 자랑하던 부부의 이야기보다 더 기억에 남았습니다. 그렇게 오전 강의를 마치고, 오후에 어린이 감정일기 수업을 시작했습니다. 초등학교 4학년 민유와 하루는 항상 똑같은 가방을 가지고 다니고 늘 붙어 다닙니다. 남자 아이와 여자 아이가 같은 가방으로 맞춰서 다니는 게 흔한 일은 아니었기에 처음부터 눈에 띄었습니다. 수업도 같이 들어와서 옆에 앉고, 끝나면 무엇을 먹으러 갈지도 의논합니다. 누가 봐도 절친으로 보입니다. 다른 아이들도 민유와 하루를 제일 친한 친구라고 알고 있었습니다. 그런데 하루가 아주 강하게 부정하며 말했습니다.

"아니에요. 저 애랑 안 친해요. 그냥 엄마들끼리 친해서 같이 왔고, 끝나고 밥도 엄마들하고 다 같이 먹는 거예요. 진짜 안 친해요."

말은 이렇게 했지만 민유가 집안에 사정이 생겨서 수업에 빠졌던 날, 하루도 나오지 않았습니다. 2주 만에 만난 아이들은 하루에게 물었습니다.

"민유랑 절대 친한 게 아니라고 하더니 민유가 못 나온다고 너도 진짜 안 온 거 보면 너희 진짜 절친이야. 우리는 그렇게 결론지었어. 너희는 절친!"

부끄러웠는지 친구들의 얘기가 듣기 싫었는지 하루가 투덜거리며 말했습니다.

"진짜 아니거든. 얘랑 안 친하다고. 그냥 얘가 없으면 심심한 것뿐이거든!"

저는 하루의 말을 듣는 순간, 오전에 만났던 부부와 연결이 되면서 민유와 하루를 다시 보게 되었습니다. 친해 보이긴 했지만 두 아이를 커플로 생각하지는 않았는데, 이 사람이 없으면 '심심하다'는 말이 아이들의 미래로 이어지면서 잠시 혼자 상상의 나래를 펼쳤습니다. 그런데 여기서 여러분은 '심심하다'의 의미를 잘 알고 계신가요? "심심한 것도 감정이에요?"라는 질문을 정말 많이 받았는데, 당연히 감정입니다. 흔히 사람들이 알고 있는 '심심하다'라는 감정은 할 일이 없거나 지루하고 재미가 없는 것을 말합니다. 조금 더 깊게 들여다보면, '심심甚深하다'는 마음의 표현 정도가 매우 깊고 간절한 것을 의미하기도 합니다. 이 사람이 없으면 심심해서 결혼했다는 부부, 그리고 없으면 심심한 것뿐이라는 민유와 하루를 보면서 서로에게 많이 의지하고 있다는 느낌을 받았습니다. 심심할 때면 언제든 함께 해주는 든든한 존재 같기도 했습니다.

이렇게 한 개의 단어에도 여러 가지 의미를 가진 경우가 있습니다. 그래서 어휘력을 높이면 표현할 수 있는 폭이 넓어집니다. 어휘력이 표현력을 결정한다고 해도 과언이 아닐 정도로 어휘력을 키우는 건 매우 중요합니다. 모든 학습 능력의 기초가 되는 것 또한 어휘력입니다. 전문가들은 초등학생 시기부터 어휘력에 격차가 벌어지기 시작한다고 합니다. 어휘력을 키우는 가장 좋은 방법이 독서라는 건 누구나 알고 있습니다. 문제는 아이들이 점점 책을 읽지 않는다는 것입니다. 그럼 어휘력을 어떻게 키울 수 있을까요? 일상에서 접한 단어를 자신의 삶과 연결해 보세요. 경험해 보고 대화를 통해 익힌 단어들은 기억에 남고 다른 단어로 확장할 수 있는 가능성도 커집니다.

'심심甚深하다'가 다른 뜻도 있다는 걸 알게 된 하루가 새침하게 말했습니다.

"그럼 이제 저는 안 심심 할래요."

하루의 말에 모두들 웃음을 터뜨렸습니다. 그런데 하루가 그렇게 강한 부정을 할 때마다 민유는 늘 가만히 있었습니다. 두 아이의 속마음은 어땠을까요?

초등학교 4학년 민유의 감정일기

2월 26일 월요일   오늘의 감정날씨 : 궁금함

지난주에 삼촌 댁에 가야해서 감정일기 수업에 빠져야 했다. 나는 혹시 몰라서 선생님께 내가 결석하는 날 하루가 수업에 나오는지 안 나오는지 알려달라고 몰래 말씀드렸다. 그리고 내가 이런 말 한 건 비밀로 해달라고 했다. 그런데 내가 결석한 날 하루도 빠졌다고 한다. 다행이다. 하루는 쑥스러움도 많이 타고 마음과 다르게 말하는 것 때문에 나 말고는 친구가 없다. 만약 내가 없을 때 하루가 혼자 나왔다면 힘들었을 것 같다.

정말 심심甚深하지 않나요? 민유가 하루를 생각하는 마음이 정말 깊다고 느꼈습니다. 하루는 항상 마음과 반대로 말하는 습관이 있었는데, 민유는 그것도 이미 알고 걱정하는 모습이 믿음직스러웠습니다. 그럼 하루의 진짜 속마음은 어떨까요.

초등학교 4학년 하루의 감정일기

2월 26일 월요일 　　　오늘의 감정날씨 : 안 심심함

나는 친구가 없다. 엄마는 내가 쌀쌀맞아서 친구가 없는 거라고 했다. 그래서 민유랑 잘 붙어 다녀야 한다고 했다. 민유는 같이 있으면 재미없다. 그런데 없으면 심심하다. 지난주에는 민유가 삼촌네 간다고 해서 나도 감정일기 수업에 빠졌다. 혼자 나오려니 조금 두려웠다. 그렇다고 민유랑 같이 다니면서 말을 많이 하는 것도 아니다. 민유가 없어도 안 심심하고 싶다.

한 가지 단어에도 여러 개의 뜻이 숨어 있듯, 한 사람의 마음도 여러 가지 감정이 숨어 있습니다. 지금 나의 상황과 욕구, 감정 사이에서 숨은 의미를 잘 발견할 수 있어야 합니다. 어떤 감정을 느끼고, 어떻게 하고 싶은지, 진짜 마음을 알

아야 정확한 표현도 가능하기 때문입니다.

감 정 일 기 쓰 기 t i p

- 심심할 때 혼자 할 수 있는 일 5가지 찾아보기
- 내가 심심할 때 가장 많이 찾는 사람을 떠올려보고 그 사람을 보면 느껴지는 감정 쓰기

감정 주머니를 활용하여
감정일기 쓰기

여러분은 하루 동안 느낀 감정을 기억하시나요? 사람은 순간순간 느껴지는 감정들을 무의식적으로 흘려보낸다고 합니다. 전문가들은 하루에 느낀 감정 단어를 7개 정도 쓸 수 있으면 감정을 잘 느끼고 표현하고 있다고 봅니다. 누구나 자기만의 감정 주머니가 있습니다. 우리는 얼마나 다양한 감정을 꺼내서 사용하고 있을까요? 자신의 감정 주머니 속을 잘 들여다보고 그 속에 있는 감정을 꺼내서 감정일기를 써보세요.

방법

1. 날짜와 '오늘의 감정날씨'를 작성합니다.

2. 오늘 하루 느낀 감정 단어를 씁니다.

3. 하루 동안 느낀 감정 단어를 보면서 어떤 상황에서 그렇게 느꼈는지 작성합니다.

4. 감정 단어는 꼭 7개를 쓰지 않아도 괜찮습니다. 처음엔 2~3개에서 꾸준히 쓰다 보면 자연스럽게 조금씩 늘어나게 될 것입니다.

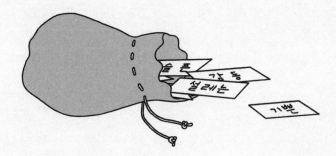

4장

문제해결력

내 안의 어린이와
대화하기

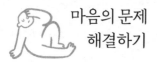

마음의 문제
해결하기

　　코로나19 바이러스가 기승을 부리던 시절에 한 고등학교에서 감정일기를 국어, 영어처럼 하나의 과목으로 수업을 하자는 제안을 받았습니다. 교감 선생님께서 학생들의 정서에 매우 관심이 많으셨고, 적극적으로 지원해 주셨습니다. 학생들과 첫 수업을 하던 날, 평소와 다르지 않게 수업을 하려고 노력했지만 사실 신경 쓰이는 학생이 한 명 있었습니다. 단 한 번도 저를 쳐다보지 않고 수학 문제집만 풀고 있었던 고등학교 2학년 예림이였습니다. 한 명 때문에 수업을 중단할 수는 없었기에 계속 수업을 이어갔습니다. 그렇게 첫 번째 수업이 끝나고, 일주일이 지난 후 두 번째 수업 날이었습니다. 그날도 예림이는 수학 문제집을 펼쳐 놓고 있었습니다. 말을 하더라도 전체 학생들이 있는 곳에서 말하는 것보다는 쉬는 시간에 따로 얘기하는 게 좋을 것 같아서 그날도 우선 수업을 진행했습니다. 그런데 수업이 시작되고 20~30분쯤 지났을 때, 예림이가 격양된 목소리로 말했습니다.

"공부할 시간도 부족한데, 이런 거 왜 하는 거예요? 이게 시험에 나와요? 이거 하면 명문대 갈 수 있어요?"

"이거 한다고 명문대를 갈 수 있을지는 모르지만, 안 한다면 지금보다 더 스트레스에 압도되어서 힘들어질 수 있어. 그렇게 되지 않으려면 평소에 조금씩 관리하면 도움이 될 거야."

저도 하고 싶은 말이 많았지만 처음이었으니까 감정을 가라앉히며 조금은 단호하게 말했습니다. 뭔지 모를 팽팽한 긴장감이 느껴졌고 교실은 순간 조용해졌습니다. 그러나 수업에 열심히 참여하는 학생들이 더 많아서 시간을 허투루 쓸 수 없었습니다. 준비한 수업까지 무사히 마치고 교실을 나가서 복도를 걸어가는데 누가 따라오는 느낌이 들었습니다. 예림이었습니다.

"학원 숙제가 너무 많은데 잠 잘 시간을 줄여도 숙제할 시간이 없어서 그랬어요. 죄송해요."

예림이가 사과를 할 거라고는 생각지도 못했습니다. 제가 신경 쓰였던 이유는 단순히 수업에 참여하지 않고 수학 문제집을 풀고 있어서가 아니었습니다. 예림이가 너무 불안해 보였습니다. 어찌할 바 모르는 표정과 뭔가에 쫓기는 듯한 느낌이었습니다. 그런데 예림이를 쫓던 주범이 학원 숙제였다니, 한숨만 나왔습니다. 얼마나 버거웠으면 얼굴은 벌겋게 달아오르고 주변도 한 번 둘러보지도 못한 채 수학 문제집만 붙잡고 있었을까요.

그래도 수업 시간에 다른 걸 하면 안 된다고 말해야 하는지 고민했습니다. 지금까지 제 경험으로는 처음 수업 시작할 땐 시큰둥하거나 열심히 참여하지 않았던 학생이 시간이 흐를수록 자연스럽게 스며들어서 즐기게 되었을 때 가장 효과가 좋았습니다. 어른들이 해줄 수 있는 건 '기다림'뿐이라는 것을 아이들에게 늘 배웁니다.

다행히 예림이가 수업에 참여하는 데 그리 오랜 시간이 걸리지 않았습니다. 네 번째 시간에 처음으로 감정일기도 써서 제출했습니다. 그때 읽었던 예림이의 감정일기는 제 마음도 후련하게 만들었고, 지금까지도 제가 잊지 못할 사례로 소개하고 있습니다.

고등학교 2학년 예림이의 감정일기

11월 5일 금요일   오늘의 감정날씨 : 후련하고 허무함

며칠째 같은 수학 문제를 붙잡고 있었다. 정답은 -1인데 아무리 풀어도 -1이 나오지 않았다. 뭐가 잘못된 건지, 어디서 잘못된 건지 도무지 알 수가 없었다. 문제집 해설을 보고 학원 수업을 들어도 이해가 되지 않았다. 문제를 풀고 또 풀고 다시 풀고를 반복하다가 문제집을 찢을 뻔했다. 감정일기 시간에 우울하고 불안할 땐 몸을 움직여보라고 했던 말을 들었던 것 같은데 밑져야 본전이다 생각하고 집 밖으로 나갔다. 편의점에 가서 과자랑 음료수를 사고 아파트 단지를 한 바퀴 돌았는데 코로나 때문인지 사람들이 없고 썰렁했다. 조용하게 산책할 수 있어서 더 좋았다. 집에 와서 과자를 먹다가 수학 문제를 다시 풀었는데 갑자기 -1이 나왔다. 어떻게 답이 나왔지? 너무 신기해서 다시 풀었는데 또 -1 정답이 나왔다. 내가 마음이 급하고 초조해서 뭔가 놓쳤던 걸까? 잠시 머리를 식히고 편하게 과자를 먹으면서 문제를 다시 풀다가 답이 나와서 당황스러웠다. 이렇게 풀 수 있는 걸 며칠을 붙잡고 있었다니.... 불안하고 초조했던 마음의 문제를 먼저 풀었더니, 안 풀리던 수학 문제가 풀렸다. 후련하고 신기하고 한편으로는 허무했다.

"불안하고 초조했던 마음의 문제를 먼저 풀었더니, 안 풀리던 수학 문제가 풀렸다." 이 문장은 저에게 두고두고 잊히지 않는 문장이 되었습니다. 그 어떤 소설가의 명문장보다도 감동적이었습니다. 안 풀리던 수학 문제를 붙잡고 있던 모습은 안쓰러웠지만 스스로 자신의 문제를 해결해 나가는 모습은 기특했습니다. 그리고 근본적인 문제는 '마음의 문제'였다는 것을 알게 되었다는 게 기쁘고 뿌듯했습니다. 예림이는 전교 1, 2등을 하는 우등생이었습니다. 지난 중간고사에서 한 문제 차이로 전교 2등을 하고 스트레스로 인해 불안증세가 시작되었고, 항상 마음이 초조하고 답답했습니다. 어른들뿐 아니라 아이들도 치열한 경쟁 사회에서 버텨내느라 애쓰며 살고 있었습니다. 영국의 생물학자이자 지질학자인 다윈은 "학문적으로 성공하는 것은 머리가 좋고 나쁜 것보다는 마음의 문제다."라고 말했습니다. 진화론에 가장 크게 기여했다고 알려진 다윈 역시 대학을 졸업할 때까지 학교 성적이 너무 부진해서 부모님의 실망이 컸다고 합니다. 우리가 겪는 많은 일의 근본적인 문제는 마음의 문제인 경우가 많습니다. 우울하고 불안하고 외로운 마음의 문제들이 숨어 있습니다. 그 속을 잘 들여다보고 돌봐줘야 합니다. 감정일기 수업을 마치며 예림이가 쓴 수업

후기입니다.

"내 감정을 읽어주고 돌봐주면 불안했던 마음이 가라
앉는다. 앞으로 감정일기를 매일 쓸지는 모르겠지만 우울하
고 불안하고 힘들어질 때마다 생각날 것 같다. 후배들이 감
정일기를 배워서 나처럼 힘든 시간을 보내지 않았으면 좋겠
다. 조금이라도 빨리 배우면 그만큼 마음이 건강해지는 거
니까. 내 동생도 배웠으면 좋겠다. 학교에 추천하고 싶다."

예림이의 적극적인 추천으로 같은 고등학교 1학년 학
생들에게도 감정일기 수업을 진행했고, 예림이 친동생을
만나기도 했습니다. 처음엔 적군 같았던 예림이가 너무나
든든한 아군이 되어주었습니다. 살면서 힘들 때마다 감정
일기가 생각날 것 같다고 말해주니 뭉클했습니다. 우리 삶
은 순간순간 수많은 역경이 찾아옵니다. 현실의 문제도 있
고 풀지 못하는 다양한 문제가 많지만, 대처하기 어려운 감
정을 관리하는 것은 정서적 안정감과 문제해결 능력을 강
화하여 좀 더 적극적인 삶을 살아가게 도와줍니다. 내 감정
을 돌보고 관리하는 것을 너무 늦지 않게 시작했으면 좋겠
습니다.

감 정 일 기 쓰 기 t i p

✎ 오랫동안 풀리지 않은 문제가 있는지 생각해 보기

✎ 풀리지 않은 문제에 나를 붙잡고 있는 감정은 무엇인지 쓰기

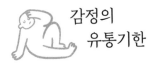 감정의
유통기한

　혹시 사과했어야 했는데 어쩌다 보니 기회를 놓쳐서 사과도 못하고 관계도 애매해진 경험이 있나요? 모든 일에는 타이밍이 있듯 사과에도 타이밍이 있습니다. '사과해야지'라고 마음먹었지만 이미 늦었다는 생각이 들고, 늦었다고 생각했을 때라도 사과했으면 좋았을 텐데, 너무 늦었다는 생각에 사과할 기회를 결국 놓쳐버리고 말죠. 그럼 두고두고 마음에 걸리고 생각날 때마다 찜찜합니다. 미안하다는 말이 뭐 그리 어려운 일이라고, 잘못하고 실수했으면 사과하는 것이 당연한데 우리는 왜 망설이고 때를 놓치는 걸까요.

　사회심리학자이자 미국 정신의학 분야의 권위자로 평가받는 아론 라자르Aaron Lazare는 "사과는 인간이 가진 가장 파워풀한 갈등 조정 수단"이라고 말합니다. 그리고 1,000여 건의 사과와 관련된 사례와 임상 경험을 통해 사과는 단지 잘못을 시인하고 용서를 구하는 행위 이상의 의미와 가치가 있음을 보여주었습니다. 사람들 사이에서 일어날 수 있는 가장 깊은 상호작용 중 하나인 사과는 마음을 치유하고, 깊은 죄책감에서 해방시키고, 복수에 대한 욕망을 제거하며 궁극적으로 깨진 관계를 복구하는 힘을 가지고 있습니다. 그리고 사과하는 행동만으로 성취감도 느낄 수 있습니다.

아이들은 언제 누구에게 미안한 감정을 느낄까요. 작은 일로 다투다가도 돌아서면 금방 잊어버리고 언제 그랬냐는 듯 다시 재밌게 노는 아이들이 많습니다. '미안한 감정'에 대해 아이들과 수업을 할 때였습니다. 친구, 동생, 엄마, 아빠, 가까운 사람들에게 미안한 감정을 느꼈던 경험에 대해 얘기를 나누고 있었습니다.

"저는 학교폭력 가해자입니다."

초등학교 4학년 민건이가 이 말을 꺼내기 전까지는 이렇게 진지한 얘기를 아이들과 나누게 될 줄은 생각하지 못했습니다. 민건이는 마치 기자회견에서 잘못을 고백하는 것처럼 긴장한 얼굴이었습니다. 아이들 수업을 할 때마다 늘 속으로 혼자 생각하는 말이 있습니다.

'응? 이건 또 무슨 얘기지? 갑자기? 뭐라고 대답해야 하지?'

성인 대상 강의에서 나오는 얘기나 질문에는 얼마든지 지식으로 상황에 맞는 적절한 답변을 할 수 있습니다. 그런데 아이들에게는 전문 용어와 심리학 지식이 통하지 않습니다. 눈높이에 맞춰 설명하고 대화하고 이해하며 공감하는 일이 세상 어떤 일보다 어렵다는 것을 매 순간 느낍니다. 먼저 용기 있게 말을 꺼냈으니 민건이의 얘기를 들어보기로 했습니다.

"무슨 일이 있었는지 얘기해 줄 수 있어?"

"저는 친구를 두 번 때려서 이제 한 번만 더 싸우거나 때리면 교육청에 가야 돼요. 그런데 지훈이한테 사과하고 싶었는데 못했어요. 선생님이 지훈이 옆에 가지 말라고 하고, 엄마도 제가 가만히 있어야 교육청 안 가고 조용해지니까 시키는 대로 하라고 했어요."

"음…놀다 보면 싸울 수는 있는데 친구를 왜 때렸을까? 그냥 때리지는 않았을 것 같은데…"

"저보고 자꾸 돼지라고 하는데 하지 말라고 몇 번 말해도 계속 놀렸어요. 그러다가 그만하라고 입을 막으려고 했는데 팔꿈치로 지훈이 코를 치는 바람에 코피가 났어요. 제가 힘이 너무 세서 코피가 많이 났어요."

"아⋯그럼 친구를 때리려고 한 건 아니었어?"

"네. 그냥 듣기 싫어서 입 막으려고 한 건데, 코피가 너무 많이 나서 엄마들이 다 학교에 왔어요."

민건이는 처음 봤을 때부터 큰 키와 건장한 체격으로 눈에 띄는 학생이었습니다. 체격과 타고난 힘 때문인지 친구와 장난치며 놀다가 힘 조절이 안 돼서 결국 폭력을 휘두른 가해자가 되었습니다. 물론 정확한 이야기는 양쪽 이야기를 다 들어봐야 알 수 있습니다. 그러나 학교는 일이 커지길 바라지 않았고, 화해를 종용했습니다. 민건이 어머니도 상대 학생 어머니께 무조건 수십 번 사과를 드렸다고 합니다. 그렇게 마무리되는 줄 알았던 사건이 또 한 번 발생했습니다. 민건이 팔꿈치에 맞고 코피가 났던 친구가 민건이를 투명 인간 취급하며 무시했습니다. 다른 친구들에게 민건이와 놀지 말라고 하면서 왕따를 시켰습니다. 민건이가 계속 말을 걸어도 안 들리는 척, 안 보이는 척했습니다. 민건이는 답답한 마음에 얘기 좀 하려고 친구 가방을 잡았는데 이번에도 힘 조절에 실패했습니다. 친구를 자기 쪽으로 끌어당겼는데 친구는 얘기하기 싫다고 반대로 힘을 주면서 친구가 책상 모서리에 부딪혔습니다. 당시 상황을 설명하는 민건이의 얼굴이 너무 진지했습니다. 결국 민건이는 학교폭력 가해자라는 낙인이 찍혔고, 자기 스스로 그런 말을 하게 되었습니다.

누구의 잘못일까요. 작은 일도 민감하게 받아들여질 수 있으니 아이들을 분리 조치하고 빨리 마무리 지었던 학교와 더 큰 벌을 받기 전에 무조건 시키는 대로 하라는 부모님 사이에서 민건이는 무슨 생각을 했을까요. 어른들끼리 사건은 종결시켰을지 몰라도 민건이의 마음은 끝나지 않았습니다. 꺼내지 않아도 될 얘기를 굳이 스스로 꺼낸 것도 이유가 있을 거라고 생각합니다. 아무도 자기 얘기를 들어주지 않으니까 얼마나 답답했을지, 오해를 풀고 싶고 다시 친구랑 놀고 싶은데 자기가 어떻게 해야 하는지 혼란스러웠을 것입니다. 민건이는 말할 기회가 없었고, 어른들은 들을 기회를 놓쳤습니다.

"만약에 그 친구랑 다시 얘기할 수 있으면 무슨 얘기하고 싶어?"

"내가 힘이 너무 세서 조절을 못 해서 미안하고, 같이 게임하고 놀고 싶다고 얘기하고 싶어요. 그런데요. 선생님, 감정에도 유통기한이 있어요?"

"응?"

이걸 또 어떻게 설명해 줘야 할지 망설였습니다. 우리가 화를 내는 순간 스트레스 호르몬이 혈관을 타고 퍼져 나가는데 90초가 지나면 저절로 사라진다거나 인간이 아무리 슬픈 일을 겪어도 평생 슬퍼하지만은 않는 이유가 여러 연구에 따르면 감정에 유통기한이 있어서 그렇다거나 그런 학문적인 이야기는 아이들에게 통하지 않습니다. 저는 이번에도 아이들의 감정을 물어볼 뿐이었습니다.

"어떤 감정에 유통기한이 있었으면 좋겠어?"

"제가 지훈이한테 미안한 감정을 언제까지 느껴야 할지 모르겠어요. 사과도 못 하게 하고, 사과해도 안 받아주고 그런데 저는 미안하고요. 화해하고 같이 놀고 싶어요."

"진심으로 미안하고 친구와 화해하고 싶다면 다른 방법으로 마음을 전해볼까?"

스마트폰에 익숙한 요즘 아이들은 손편지를 거의 쓰지 않습니다. 저는 민건이와 친구에게 편지를 쓰기로 했습니다. 물론 편지를 친구에게 전할지 전하지 않을지는 민건이가 스스로 결정하기로 했습니다.

초등학교 4학년 민건이의 감정일기

10월 14일 목요일   오늘의 감정날씨 : 속상함

지훈이에게 쓰는 편지

지훈아 안녕? 나 민건이야. 내가 팔꿈치로 치고 가방 당겨서 다쳤지. 미안해. 많이 아팠겠다. 내가 키도 크고 덩치도 커서 힘을 주지 않아도 힘이 센 것 같아. 니가 자꾸 장난치고 놀려서 좀 속상했는데 일부러 그런 건 아니야. 힘주려고 한 적 없는데 니가 다쳐서 나도 너무 속상하고 미안해. 우리 같이 게임 하고 놀 때 재밌었는데 다시 같이 놀고 싶다. 그런데 선생님이랑 우리 엄마가 너 옆에 가지 말라고 해서 못 가. 니가 다시 놀자고 했으면 좋겠어.

아론 라자르Aaron Lazare는 사과하는 마음에 두 가지 동기가 있다고 말합니다. 죄책감 감소와 관계 유지입니다. 죄책감은 스스로가 저지른 잘못에 대하여 책임을 느끼는 감정

을 의미합니다. 그 감정이 감소 되길 바라고 상대와 계속해서 관계를 유지하고 싶을 때, 사과를 하게 된다는 것입니다. 일부러 그런 건 아닌데 본의 아니게 친구를 아프게 해서 속상하고, 친구와의 관계를 회복하고 유지하고 싶은 민건이의 마음이 느껴졌습니다.

　　우리 사회에서 사과해야 할 때 사과하지 않고 얼렁뚱땅 넘어가는 모습을 자주 봅니다. '죄송합니다' '미안합니다' 한 마디면 되는데 끝끝내 사과하지 않는 어른들의 모습이 참 부끄럽습니다. '사과'라는 것은 유통기한, 즉 '사과할 기간'이라는 게 있습니다. 새삼 나중에 다시 돌아봤을 때 더 미안한 일이 되지 않도록 진심을 전하는 일을 미루지 않길 바랍니다.

감 정 일 기 쓰 기 t i p

🖋 사과하지 못하고 넘어갔던 일들 생각해 보기
🖋 미안한 마음을 전하고 싶은 사람에게 편지 쓰기 (편지를 꼭 전하지 않아도 괜찮습니다.)

감정의 기본 설정값 변경하기

"지금, 당신의 마음은 어떤가요?"

제가 강의실에 도착해서 강의 준비를 하며 화면에 띄워놓는 문장입니다. 강의 시간이 되면 수강생들이 하나둘 강의실로 들어오면서 자연스럽게 화면을 보고 인사를 나눕니다. 처음엔 어색해하던 사람들도 짧게는 4주에서 길게는 12주를 만나며 매주 얘기하다 보니 익숙해집니다. "밥 먹었어?" "잘 잤어?"처럼 아주 일상적인 인사로 마음은 어떤지 물어보면 좋겠다는 생각에서 시작한 인사입니다. 의외로 마음이 어떤지 물어봐 주는 사람이 우리 주변에 많지 않습니다. 그럴 땐 내가 나에게 물어봐 주면 됩니다. 지금 원하는 것, 필요한 것, 느껴지는 감정에 대해서 언제든지 물어볼 수 있는 사람은 나 자신입니다. 이 짧은 질문 하나에도 아이들의 반응은 놀라울 때가 많습니다. 초등학교 3학년 슬기가 뛰어 들어오면서 화면에 띄워진 질문을 읽고, 궁금함이 가득 묻어나는 얼굴로 말했습니다.

"선생님, 저는 감정의 기본 설정값이 기쁨인데, 오늘 기쁘지 않아서 이상해요. 이럴 땐 어떻게 해야 돼요?"

성인 대상 강의를 하면 어느 지역, 어느 기관에 가도 질문이 비슷합니다. 신기할 만큼 비슷해서 '사람 사는 거 다 똑같구나'를 느끼며, 거기서 얻는 위안이 있습니다. 그런데 아이들은 전국 어디를 가도 질문이 매번 다르고 새롭습니다. '세상에 이렇게 다양한 사람들이 살고 있구나'를 느끼며 색다른 재미를 느낍니다. 그만큼 진땀 빼는 일도 많습니다. 감정의 기본 설정값이라니, 초등학생이 이렇게 자연스럽게 말할 수 있는 건가 싶어서 놀랐습니다. 슬기는 수학 영재였습니다. 우리가 흔히 말하는 문과, 이과로 나눌 때 이과 성향에 가까운 아이였습니다. 이과 성향을 가진 아이들은 적극적으로 지식을 습득하고 과학, 수학, 공학 등과 같은 분야에 흥미와 재능을 보입니다. 논리적이고 분석적인 사고를 선호하며, 문제를 해결하는 데 있어서 시스템적이고 체계적인 접근 방식을 취합니다. 수학적인 개념과 공식을 좋아하는 슬기에게 '감정의 기본 설정값'을 설명해야 한다니, 이건 최고 난이도의 미션이었습니다. 짧은 시간 안에 아이들에게 인간의 의식, 무의식, 잠재의식을 설명할 수도 없고, 중독으로 설명하기도 조심스럽고 난해했습니다. 그러다 '자동 온도조절 장치'가 떠올랐습니다.

혹시, 자신의 감정 기본값이 어떤 감정으로 설정된 것 같다는 생각을 해본 적이 있나요? 슬기처럼 기본 설정값이 '기쁨'이라면 기쁘고 즐겁고 행복하게 느껴집니다. 우리 몸에는 '자동 온도조절 장치'가 있습니다. 항상 비슷한 상태를 유지하기 위해서 자동적으로 생각, 감정, 행동, 상황을 끌어당기는 것입니다. 갑자기 떠오르는 즐거운 상황도 기본 설정값이 '기쁨'으로 되어있기 때문입니다. 그런데 슬기처럼 감정의 기본 설정값이 '기쁨'일 때, 기쁘지 않으면 이상하고 불안해질 때가 있습니다. '왜 기쁘지 않은 거지?' '나는 당연히 기뻐야 하는데 왜 우울하지?' 이렇게 생각하는 것입니다. 그래서 당황스러웠던 슬기가 이럴 땐 어떻게 해야 할지 물어본 것 같았습니다.

"슬기는 무슨 음식을 제일 자주 먹어?"

"김밥이요. 오늘 아침에도 김밥 먹고 왔어요. 매일 김밥만 먹었으면 좋겠어요."

"슬기가 김밥을 너무 좋아하고 자주 먹으니까 슬기 몸은 그걸 기억해. '아, 이 사람은 이걸 자주 먹는 거 보니 이걸 좋아하네!' 이렇게 기억을 한단 말이야. 그것처럼 우리 뇌도 자주 느끼는 감정을 기본값으로 설정하고 그 감정을 계속 느끼도록 상황을 만들어 가거든. 슬기의 뇌는 '기쁨'이라는 감정이 기본값으로 설정되어서 일부러 노력하지 않아도 자동적으로 기쁨을 자주 느끼게 된 거야."

"그런데 왜 오늘은 안 기뻐요?"

"음…'기쁨'의 감정에 익숙해지면 내가 기쁠 만한 상황이 아닌데도 계속 기쁘도록 뇌가 이끌어 가거든. '너 기쁘지?' '평소에 너 맨날 즐거워하잖아!' '네가 좋아하는 감정 계속 느껴야지!' 이렇게 뇌가 익숙해진 감정을 계속 느껴서 편안함을 제공하기 위해 즐거울 만한 상황을 찾아다니게 되는 거야. 이게 뇌에 한 번 익숙해지면 변경하는 게 쉽지 않아. 예를 들면 우리가 다니는 길이 익숙해지면 매일 그 길로만 걷는 것처럼."

"오? 맞아요. 매일 걷는 길이 똑같아요."

"길도 여러 갈래 길이 있듯이 사람이 느끼는 감정도 너무

나 다양하고, 어떤 상황에서 어떤 감정이 느껴질지는 아무도 모르는데 무조건 '기쁨'만 느껴야 한다면 어떨까? 사람은 슬플 수도 있고, 우울할 수도 있고, 무기력해질 수도 있고, 행복할 수도 있거든. 그런데 '기쁨'의 감정만 느껴야 한다고 생각했다가 그 감정이 느껴지지 않으면 허전하고 오히려 불안해질 수도 있어. 오늘 기쁘지 않아서 이상했다고 했는데, 어떻게 이상했어?"

"나 왜 안 기쁘지? 그럴 리가 없는데, 어디가 아픈가? 이렇게 생각했어요."

"그치. 매일 느꼈던 감정이 갑자기 느껴지지 않으면 그렇게 생각할 수도 있어. 그럼 우리 공식을 조금 바꿔 볼까?"

"공식이요? 무슨 공식이요? 공식을 바꾸면 답도 바뀌는 거 아니에요?"

"슬기의 원래 공식은 〈감정의 기본값 = 기쁨〉이거였잖아. 감정은 종류도 워낙 다양하고 많은데 한 가지 감정만 기본값으로 설정하기엔 무리가 있어. 이제 다양한 감정의 기본값을 정해 보는 거야. 예를 들어 〈기쁨의 기본값 = +5, 슬픔의 기본값 = −2, 분노의 기본값 = −6〉이런 식으로 각 감정의 기본값을 정하고, 평균 어느 정도에 머무는지 어느 범위를 오르락내리락하는지 보는 거야. 그러다가 감정적으로 좀더 유연해지면 '자동 온도조절 장치'에 변화가 생길 거야."

"수학 공식이 많아지는 것 같아서 재밌어요. 그런데 어떻게 변화가 생겨요?"

"만약에 지금 슬픔의 기본값이 −2정도에 머무는 것 같고 +1에서 −4까지의 범위를 오르락내리락할 수 있다면, 나중에는 기본값이 +2에 맞춰 있고 +5에서 −5까지 변동 폭이 넓어지면서 감정을 풍성하게 느낄 수 있고, 감정 조절도 좀 더 잘 할 수 있게 되는 거지."

어떤 행동을 꾸준히 반복하면 습관이 되는 것처럼, 감정 또한 반복적으로 느끼는 감정이 습관으로 자리 잡습니다. 오랫동안 익숙해진 감정은 오래된 습관과 비슷해서 쉽게 떨쳐 버리기 힘듭니다. 우리의 뇌는 익숙한 것을 선호합니다. 어떤 특정한 감정을 좋아하는 것이 아니라 '익숙한 것'을 선호하고, 이러한 뇌의 작동원리를 '감정 습관'이라고 합니다. 심지어 익숙해진 감정을 점점 더 확대하고 강화하기도 합니다. 기본 설정값을 반복하면 '감정 습관'이 되는 것입니다. 우리의 '감정 습관'이 오늘의 기분을 결정합니다. 어떤 감정은 오래가고 어떤 감정은 금세 사라집니다. 감정 습관은 삶의 습관으로 이어집니다. '감정의 선순환'을 만들기 위해서 기본 설정값을 한 번쯤 돌아봐야 할 때입니다.

초등학교 3학년 슬기의 감정일기

1월 10일 화요일

오늘의 감정날씨 : 감정의 기본 설정값을 변경하다

오늘 아침에 일어나서 밥을 먹는데 이상하게 기운이 없었다. 양치질을 하고 씻고 옷을 입을 동안 한 번도 기쁘지 않았다. 이상했다. 나는 항상 기뻤는데 왜 기쁘지 않지? 감정은 다양하고 수시로 변한다고 했는데 난 그렇지 않은 것 같다. 그런데 선생님이 감정의 기본 설정값을 변경하면 된다고 했다. 신기했다. 꼭 기쁨만 느끼지 않아도 되고 여러 가지 감정에 기본값을 설정했더니 훨씬 재밌어졌다. 나는 기쁨의 기본값을 +5, 슬픔의 기본값을 0으로 다시 설정했다. 감정에는 답이 없다고 했는데 이 마음에는 어떤 감정을 둬야 할지 자꾸만 답을 찾고 싶다. 그래서 오늘 기쁨이 느껴지지 않았을 때 어떻게 해야 할지 몰랐다. 그런데 이제 감정의 기본값이 얼마든지 바뀔 수 있다는 것을 알았다. 다른 감정들도 많이 느껴보고 싶다.

감 정 일 기 쓰 기 t i p

✎ 나의 감정 기본 설정값 작성해 보기

✎ 내가 습관화하고 있는 감정 돌아보고 원인에 대해서 쓰기

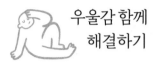 우울감 함께
해결하기

여러분은 어떤 감정에 제일 관심이 많나요? 저는 다양한 감정에 대해 연구하고 강의하지만, 개인적으로 '우울'과 '분노'라는 감정에 좀 더 깊은 관심이 있습니다. 사람이 관심을 갖는 이유는 여러 가지가 있습니다. 자신이 경험했거나 가까운 사람들의 경험을 목격했거나 어떤 영향을 받은 경우입니다. 그런 면에서 '우울'과 '분노'는 저에게 운명 같은 감정입니다. 감정일기 강의를 처음 시작하게 된 것도 '우울증'으로 힘들어하는 청년들을 위해 프로그램을 진행해 달라는 제안이었고, 그 후 다양한 연령대의 수강생들을 만나면서 '우울감'과 '억압된 분노'를 품고 살아가고 있는 사람들을 많이 만났습니다.

건강보험심사평가원에 따르면 2022년 국내 우울증 치료환자가 100만 명을 처음으로 넘어섰습니다. 최근 5년간 연평균 7.4%씩 증가하고 있고, 특히 20~30대 청년층이 35만여 명으로 전체 환자의 35.9%, 국내 우울증 치료환자 5명 중 1명은 청년층인 것으로 나타났습니다. 이는 젊은 층을 중심으로 적극적으로 우울증을 치료하는 분위기가 형성된 것으로 분석됐습니다.

10대 청소년은 어떨까요. 우울증으로 의료기관에서 진료받은 10대 환자 수는 2018년 4만3586명에서 2022년 6만9949명으로 꾸준히 증가했습니다. 2022년 기준 성별·5세 구간별로 살펴보면 남성 10~14세는 5290명, 15~19세는 2만284명이었고 여성 10~14세는 9235명, 15~19세는 3만5140명으로 집계됐습니다. 사회적 낙인효과를 우려해 병원을 찾지 않는 경우를 고려하면 우울증을 겪는 청소년은 집계된 것보다 더 많을 것으로 분석됩니다.

우울증은 연령별, 계절별, 성별에 따라 다양합니다. 그런데 최근 아이들이 우울한 이유를 들어보면 사는 아파트, 부모님의 직업과 연봉, 해외여행, 유행하는 패션, 스마트폰 종류까지 끝없는 비교에 우울감을 경험합니다. 한 번은 아이들이 쉬는 시간에 나누는 대화를 들었습니다. 같은 지역이지만 다른 학교에 다니는 아이들이 많아서 인사를 나누는 것 같았습니다.

　　"넌 어디 학교야?"

　　"난 ○○ 초등학교."

　　"○○ 초등학교? 그럼 집은 어디야?"

　　"○○동."

　　"아니, 무슨 아파트냐고."

　　"○○ 아파트."

　　"아, 거기 진짜 오래된 옛날 아파트잖아. 몇 평인데?"

　　"몰라. 우리 내년에 ○○○○ (유명한 브랜드) 아파트로 이사 간다고 했어."

　　"가기로 한 거지, 아직 간 건 아니잖아. 그럼 너는 C 등급이다."

　　이 대화가 초등학교 4학년의 대화라면 어떤가요. 아이들은 사는 지역과 아파트 브랜드, 아파트 평수, 외제 차 여부에 따라 급을 나누고 있었습니다. 더욱 놀라운 사실은 부모님의 직업과 연봉을 물어보고 다이아몬드 수저, 금수저, 은수저, 흙수저로 계급도 나누고 있었습니다.

"우리 엄마 아빠는 다 서울대 나와서 치과 의사야."

"우와, 너는 금수저네. 부모님 연봉이 얼만데?"

"몰라. 몇십억 되겠지."

"그럼 다이아몬드 수저까지는 못 되겠고, 딱 금수저다."

"다이아몬드 수저랑 금수저가 뭐가 다른데?"

"다이아몬드 수저는 재벌 기업의 자식들이지. 500억 이상 있는 사람들이 다이아몬드 수저, 그 밑은 금수저야."

한때 SNS를 떠들썩하게 했던 일명 '수저계급론'이 결국 이렇게 아이들에게도 흔한 대화가 되었습니다. 부모의 재산과 직업에 따라 자녀들의 계급도 나뉜다는 수저계급론은 '은수저를 물고 태어나다'라는 의미인 'born with a silver spoon in mouth'에서 비롯되었다고 합니다. 수저로 출신 환경을 빗대어 표현하는 것이 유쾌하지 않지만, 이것 또한 어른들이 시작하고 어른들의 입을 통해서 아이들이 접했을 것입니다. 어른들의 물질주의가 그대로 아이들에게 전이된 결과입니다. 그로 인해 끝없는 비교로 또래 관계 스트레스가 증가하고, 학교에서 대인관계, 부적응 등 사회적 요인들이 아이들의 우울증을 높이고 있습니다. 10대 아이들은 또래 집단 소속감이 중요한 시기이고 타인의 평가, 이질적 느낌, 소외 등이 상당한 스트레스로 다가올 수 있습니다. 10대들은 자기 판단과 결정 능력을 지닌 성인과 달리 심리적 변화가 다양하게 발생합니다. 보통 우울증이라고 하면 의욕이 낮아지고 일상적인 활동 능력이 저하되는 특징이 있습니다. 어린이들이 무슨 우울증에 걸리냐고 반문하는 분들도 있을 수 있습니다. 하지만 증상이나 원인이 성인과 조금 다를 뿐, 아이들도 우울증을 겪을 수 있습니다. 초등학생의 우울증은 성인의 우울증보다 감정 기복이 심한 것이 특징입니다. 외부에서 자극이 오면 활동적인 모습을 보이지만 이내 다시 불안해하는 증상을 보입니다. 마땅히 감정을 털어놓을 곳이 없고, 부정적 감정을 조절하지 못할 경우 우울증을 겪게 될 수 있습니다.

'우울함을 느낄 때'라는 주제로 아이들과 감정일기 수업을 할 때였습니다. 정말 신기하게도 '우울함'에 대해서는 부모님이나 선생님보다 친구들 얘기가 많았습니다. 친구보다 그림을 못 그려서, 피아노를 못 쳐서, 공부를 못 해서, 달리기를 못 해서, 이렇게 재능을 비교하는 답변도 있었지만 가장 많은 답변은 '친구가 가진 물질적인 것을 나는 가지지 못해서'였습니다. 이것을 아이들이 어떻게 해결할 수 있을까요. 삶은 나의 앞에 닥친 문제를 풀어가는 행위입니다. 아이들은 아직 어른들보다 경험도 부족하고 자기감정도 잘 모르는데, 우울함을 느끼면 집중력이나 문제해결력이 더욱 떨어집니다. 그래서 아이들이 우울함을 느끼면 무기력해지는 것입니다.

초등학교 4학년 보영이의 감정일기

4월 18일 월요일   오늘의 감정날씨 : 부럽다, 질투 난다, 귀찮다

혜린이 생일파티에 초대받았다. 그래서 혜린이 생일 선물을 뭘 사줘야 할지 고민됐다. 혜린이는 갖고 싶은 걸 다 가졌는데 뭐가 또 갖고 싶을까? 나는 필통을 사서 생일파티에 갔다. 생일파티는 패밀리 레스토랑에서 했다. 냄새만 맡아도 맛있게 느껴졌다. 혜린이는 매일 예쁜 옷을 입고 예쁜 가방을 메고 친구들에게 맛있는 걸 많이 나눠준다. 혜린이 아빠가 미국에 갔다 올 때마다 미국 과자도 사다 주신다. 오늘도 생일파티에 온 친구들에게 쿠키 세트를 선물로 줬다. 내 생일은 여름인데 어떻게 해야 할지 모르겠다. 우리 집은 혜린이네처럼 부자도 아니고 미국에 다녀오는 아빠도 없다. 그래서 친구를 많이 초대하지도 못하고 몇 명만 초대해야 하는데...나도 혜린이처럼 패밀리 레스토랑에서 생일파티하고 예쁜 옷을 입고 싶다. 혜린이가 부럽다. 우리 집은 왜 부자가 아닐까? 엄마 아빠가 밉다.

아이들의 우울증은 성인 우울증보다 더 발견하기 어렵고 어떤 식으로 표출될지 몰라서 더욱 세밀한 관찰이 필요합니다. 아이들은 혼자서 우울증을 해결할 수 없습니다. 집에서는 우울증 증상을 숨기고, 학교와 또래 구성원과 있을 때의 모습에서 표출될 수도 있으니 세심하게 관찰하고 살펴보아야 합니다.

우울증은 일반적으로 감정 조절 어려움의 결과로 간주됩니다. 심리적 안녕에 대한 중요성을 감안할 때, 감정 조절은 우울증에 대한 심리적 치료의 핵심 역할입니다. 타인과 자기 자신을 비교해서 낙담하게 될 때 우리는 무기력해질 수 있습니다. 물질적인 부자 친구를 부러워하던 보영이는 언제부턴가 '혜린이는, 혜린이처럼'이라는 말을 많이 사용했습니다. 스스로 계속해서 혜린이와 비교하며 우울해졌던 것입니다. 아직 성숙하지 않은 시기인 어린이들은 별것 아닌 것도 감추고 싶거나 자랑하고 싶어 합니다. 특히 의도한 것이 아니더라도 친구 관계에서 상처를 입을 수 있습니다.

아이들은 연봉, 아파트 평수와 같은 어른들의 얘기를 다 듣고 있습니다. 우리 사회의 지나친 물질주의, 서열주의 등 어른들의 문화가 아이들에게 그대로 전달된 것입니다. 이런 일상적인 일들이 반복되고 심각해지면 우울증으로 이어질 수 있습니다. 해외에서는 사적인 질문을 하지 않고, 그런 경우 무례하고 미성숙한 사람으로 생각합니다. 아이들 사이에서 차별 문화가 사라지려면 어른들의 올바른 인식 개선과 전반적인 사회 문화가 바뀌어야 합니다.

감정일기 쓰기 tip

🖊 내가 우울해지는 순간은 언제인지 떠올려보기
🖊 우울할 때 같이 있고 싶은 사람에 대해서 감정일기 쓰기

예시

초등학교 4학년 하늘이의 감정일기

1월 22일 월요일   오늘의 감정날씨 : 따뜻하다

나는 힘들고 속상할 때 우울해지면 엄마를 찾는다. 엄마랑 얘기하고 엄마가 꼭 안아주면 화나는 것, 슬픈 것, 속상한 것 모두 풀어진다. 그래서 우울하고 힘들 땐 빨리 집으로 간다. 아빠도 힘든 일이 있으면 엄마를 찾는다. 그럴 때 엄마가 맛있는 음식을 해주고 아빠 얘기를 들어준다. 그러면 아빠도 기분이 풀린다. 우리 엄마는 우울함 해결사다.

# 감정과
의사결정

우리 삶은 매일, 매 순간 크고 작은 결정을 하면서 살아 갑니다. 개인적으로 '장애'라는 말을 붙이는 것을 좋아하지 않지만, 2010년쯤에는 젊은 층을 중심으로 중요한 상황에서 제대로 결정을 내리지 못하는 것을 뜻하는 '결정 장애' 혹은 '선택 장애'라는 신조어도 생겨났습니다.

'내가 결정 장애가 있는 게 아닐까?'라는 걱정을 하는 이들이 의외로 많습니다. 실제로 '장애'라기보다는 그냥 결정 내리기를 다소 어려워하는 정도일 것입니다. 가끔 아이들을 수업에 데려다주러 오는 부모님들과 잠깐 대화를 나눌 때가 있습니다. 대부분 아이들에 대한 고민과 '집에서는 이런데 수업에서는 어떤지' 궁금해합니다. 초등학교 2학년 예은이 어머니는 예은이의 '결정 장애'를 심각하게 고민하고 있었습니다.

"예은이가 뭘 사러 가도 물건을 바로바로 고르질 못하고 한참 고민만 해요. 다 거기서 거긴데 뭘 그리 고민하는지 모르겠어요. 그래서 제가 두 개 골라주고 여기서 선택하라고 해도 못 해요. 답답해 죽겠는데 왜 이러는 걸까요?"

저는 '우리 아이가 결정 장애인 것 같다'라고 말씀하시는 부모님들께 농담 반 진담 반으로 우리 어른들이 그렇게 만들었다고 말씀드립니다. 아이들이 태어나서 받는 질문 중에 제일 많이 고민하는 첫 번째 질문이 바로 "엄마가 좋아? 아빠가 좋아?"입니다. 부모들은 고작 두 살 된 아이에게 수십 번 묻습니다. 생각해 보세요. 나를 낳아주고 길러줄 부모는 딱 두 명인데, 그중에 누가 좋은지 선택하라고 합니다. 부모는 한창 예쁠 시기인 아이에게 자꾸만 말을 걸고 싶고 일종의 놀이처럼 물어볼 수 있습니다. 그러나 아이에게는 일생일대의 선택입니다. 아이는 인지 능력이 아직 완전하지 않은 자신에게 선택을 강요하게 만드는 문제가 될 수 있습니다. 질문하는 사람은 그냥 그 순간을 즐기기 위해 물어보지만 대답해야 하는 아이는 아무리 생각해도 쉽게 답을 내지 못하는 문제입니다. 잘 대답하는 아이도 있지만, 어떤 아이는 결국 울어버리는 아이도 있습니다. 이런 질문은 아이에게 스트레스를 주고 정서 형성에 좋지 못한 영향을 끼칩니다. 질문 특성상 이분법적 사고방식을 종용할 가능성도 있습니다.

선택하기 힘든 질문이 거기서 끝나면 좋을 텐데, 안타깝게도 이게 시작입니다. 그 후로도 우리는 매일 결정을 내려야 합니다. 언제 일어날 것인지, 무엇을 입을 것인지, 무엇을 먹을 것인지, 어떻게 볼 것인지 등 결정을 할 때, 객관적인 상황과 내용을 비교하고 살피는 이성적인 판단도 들어가지만, 그에 못지않게 감정적인 부분도 크게 작용합니다. 현대 심리학에서는 감정과 이성을 서로 분리된 것이 아닌, 상호 유기적으로 연계된 하나의 시스템으로 이해하고 있습니다. 철학자 플라톤에 따르면 감정은 이성적인 생각을 뒤흔들 만큼 매우 큰 힘을 가졌습니다. 감정은 뇌의 행동 선택 과정에서도 중대한 영향력을 발휘합니다. '오늘 점심은 뭘 먹을까?' 이렇게 사소한 결정부터 '어느 회사에 취업할까' '누구와 결혼할까'처럼 인생에서 중대한 결정까지 우리의 의사결정에는 반드시 감정이 필요합니다. 어떤 결정을 내렸는데 그 결정을 실행하기 어려울 때가 있습니다. 아무리 숙고를 해서 결정한 것이라도 왠지 마음이 내키지 않으면 실행력이 약해집니다. 이때 뭔가 내키지 않는 것은 이성이 아닌 감정입니다. 감정의 동의를 받지 못한 결정은 뿌리가 약한 나무와 같습니다. 지속시키는 에너지를 공급받지 못하면 결국 사라지게 됩니다. 만약 고민 끝에 결정은 내렸는데 실행이 되지 않을 때는 실행 방법을 점검하는 것 외에 결정에 대한 자신의 감정을 돌아보는 것도 필요합니다.

저는 감정일기 수업에서 이해를 돕기 위해 밸런스 게임을 진행합니다. 밸런스 게임은 원픽 게임이라고도 하며, 두 가지 선택지 중 하나를 고르는 방식으로 혼자 즐기거나 친구, 가족, 연인과 함께하면 좋습니다.

한 문제당 3초 안에 둘 중 하나를 선택해 주세요.

우리가 결정을 고민하는 것에는 이렇게 일상 속 사소한 것들이 참 많습니다. 혹시 시간 안에 대답 못 한 문제가 있나요? 왜 거기서 망설여졌는지 생각해 보세요, 인간은 감정이 충돌하면서 결정하기 전에 '두 가지 마음'이 공존합니다. 우리 뇌에서 밀고 당기는 일이 끊임없이 벌어지고 있기 때문입니다. 미국 캔자스 주립대학 심리학과 킵 스미스Keep Smith 교수는 '사람이 두 개의 마음을 갖고 있기 때문'이라고 했습니다. 우리는 최소한 두 개의 마음을 가졌고, 뇌는 하나의 존재가 아니며 의사결정 메커니즘도 한 가지만 있는 것이 아니라고 말했습니다. 인간은 뇌의 원시적인 부위와 이성적인 부위가 동시에 작동하면서 결심하게 됩니다. 우리의 뇌는 사람에 따라 조금씩 차이가 생기지만 감정과 이성의 지배를 동시에 받으며 살고 있습니다. 그래서 일상의 사소한 일에서도 결정이 어려운 경우가 많고, 중대한 결단을 내릴 때는 엄청난 양의 감정을 소모하게 되는 것입니다. 그럼 아이들은 어떤 선택의 기로에서 고민하고 있을까요.

초등학교 2학년 예은이의 감정일기

9월 6일 월요일   오늘의 감정날씨 : 나도 모름

학원 끝나고 엄마랑 이마트에 갔다. 오늘은 과자를 사는 날이었다.
나는 두 가지 감자맛을 놓고 고민했다. 오리지널 맛을 사가면 치즈 맛
이 먹고 싶어질 것 같고, 치즈 맛을 사 가면 오리지널 맛이 먹고 싶을
것 같았다. 그냥 두 개 다 사주면 내가 고민하지 않아도 되는데 엄마
는 왜 이렇게 나를 힘들게 하는지 모르겠다. 둘 중에 하나를 고르는 건
너무 힘들다. 오늘도 고르지 못하고 있다가 엄마한테 혼났다. 고민하
다가 오리지널 맛을 사 오면서 다음 주에는 치즈 맛을 사기로 했다.

초등학교 2학년 효빈이의 감정일기

9월 7일 화요일   오늘의 감정날씨 : 궁금함

강우가 나보고 좋다고 해서 나도 좋다고 했다. 강우는 달리기도 잘
하고 씩씩하다. 지환이도 내가 좋다고 했다. 나도 좋다고 했다. 지환
이는 진짜 웃기다. 그래서 같이 놀면 너무 재밌다. 엄마한테 얘기했
더니 엄마가 그러면 안 된다고 했다. 좋아하는 건 한 사람만 좋아해
야 하는 거라고 한 명만 선택하라고 했다. 왜 한 사람만 좋아해야
할까? 나는 마음이 넓어서 1명, 2명, 3명, 4명, 다 좋아할 수 있다. 한
사람만 좋아해야 하는 건 너무 어렵다.

무엇을 먹을까, 누구를 좋아할까, 친구의 사과를 받아줄까 말까, 아이들의 고민도 나름 진지합니다. 특히 아직 친구가 사과를 하지도 않았는데 사과를 받아줄지 말지를 고민하는 성진이의 감정일기를 읽으며, 일어나지도 않은 일을 미리 앞서 고민하는 것을 보니 역시 한국인은 성격이 참 급한 것 같습니다.

신경학자 안토니오 데마시오 Antonio Demasio 는 감정이 의사결정에 중추적인 역할을 한다는 것을 발견했습니다. 매일 더 작고 덜 걱정스러운 선택을 하는 것이 더 큰 일에 대처할 수 있는 자신감을 형성하는 데 도움이 된다는 것을 발견

166

했습니다. 그래서 우리가 일상에서 하는 작은 결정 하나하나가 중요합니다. 결정하기 어려워하는 사람들은 자신감의 결여가 큽니다. 내 선택이 잘못된 선택이면 어떻게 하나, 두려워하는 경향이 큽니다. 그러다 보니 신속한 결정을 내리지 못하고 시간이 지체되는 경우가 많습니다.

　　미국 미시건대학의 윈스턴 시에크와 프랭크 예이츠 심리학 교수는 결정 내리는 것을 어려워하는 사람들에게 '쓰기'의 방법을 제안합니다. 그는 실험에서 두 집단으로 나누고 한쪽은 결정하는 과정에서 글을 작성하게 하고, 다른 한쪽은 글을 작성하지 않고 머릿속으로만 생각해서 결정하게 했습니다. 그 결과 글을 작성한 사람들은 자신의 의지대로 가장 좋은 선택을 했다고 확신을 갖게 되었습니다. 글을 쓰는 과정이 의사결정에 더 많은 자신감을 주고 합리적인 방향을 이끌어낸다는 것입니다. 다음은 뉴질랜드판 'stuff'에서 소개한 결정에 도움이 되는 6가지 방법입니다. 이러한 내용을 적어가면서 생각을 전개한다면 좀 덜 고통스러운 결정이 가능할 것입니다.

결정에 도움이 되는 6가지 방법

1. 두려움을 직면하라

A가 아닌 B를 선택할 경우 일어나게 될 결과가 두려워서 망설이는지 생각해 보세요. 여러분을 방해하는 것이 무엇인지 알게 되면 2단계로 넘어갈 수 있습니다.

2. 장점과 단점

만약 A를 선택함으로써 B를 놓치는 것이 두렵다면, 각각의 장단점을 모두 적으세요. 여러분의 선택에 조금 더 자신감을 느낄 수 있습니다.

3. 데드라인 설정

미루고 있을 때 시간은 빠르게 지나갑니다. 한없이 생각을 질질 끌면 더욱 결정하기가 힘들어집니다. 스스로 결정을 내릴 기한을 설정합니다.

4. 정말 중요한 문제인가?

여러분이 내리려고 하는 결정이 인생을 좌우할 만한 중대한 문제인가 생각해 보세요. 오래 고민할 문제가 아닌 매우 사소한 문제들이 많습니다.

5. 후회보다 더 큰 희망이 있다면?

지금은 훌륭한 선택으로 여겨지지만 내일은 왜 그런 선택을 했는지 후회할지도 모릅니다. 미래에 무슨 일이 일어날지 절대 알 수 없으니, 반드시 미리 계획을 세우세요. 하지만 가상 세계에서 일어날 수도 있고 일어나지 않을 수도 있는 일에 대해 고민하는 데 시간을 낭비하지 마세요.

6. 얼마나 이기적으로 생각하는가?

의사결정의 문제는 다른 사람과의 관계에서도 영향을 받습니다. 자신의 가족, 친구, 동료 등을 생각하거나, 그들의 조언을 고려하느라 결정이 쉽게 내려지지 않는 경우가 있습니다. 하지만 가끔은 이기적일 필요가 있습니다. 주변 상황에 휘둘리지 않고 기꺼이 내리는 결정이 올바른 선택입니다.

어떤 결정을 해야 할 때 감정을 배제해야 옳은 결정을 할 수 있다고 생각하는 사람들이 많습니다. 합리적인 결정을 할 때는 옳은 방향과 그리고 근본적인 힘을 키우기 위해서 감정과 이성이 공존해야 한다는 것을 기억하시기 바랍니다.

감 정 일 기 쓰 기 t i p

  🖋 잘못된 결정을 내릴까 두려운 일이 있는지 생각해 보기

  🖋 현실적으로 예측할 수 있는 선택의 긍정적, 부정적 결과에 대해서 쓰기

감정 탐구 생활 작성하기

내 마음 상태, 심리를 이해하려면 감정을 제대로 알아야 합니다. 감정을 탐색하는 탐정이 되어 감정의 세계를 탐구하는 것도 매우 흥미롭습니다. 우리는 자신의 감정과 다른 사람의 감정을 정확히 이해하고 그 감정에 맞게 행동할 수 있어야 합니다. 그러나 말처럼 쉽지만은 않습니다. 자신의 감정을 들여다볼 수 있는 질문 5가지에 대해 최대한 솔직하고 구체적으로 답변해 보세요. 생각만 하는 건 오히려 마음을 더욱 복잡하게 만듭니다. 이럴 땐 글로 써서 눈으로 직접 보는 게 효과적입니다. 감정을 이해하고 감정 다루는 방법을 훈련하면, 나에게 어떤 문제가 생겼을 때 그 문제를 해결해 나가는 힘도 키울 수 있습니다.

1. 최근에 즐거움, 기쁨, 행복한 감정을 느꼈던 경험을 적어보세요.

2. 즐겁고 기쁠 때 내가 주로 하는 말과 행동에 대해 적어보세요.

3. 나를 힘들고 기분 나쁘게 하는 것들을 모두 적어보세요.

4. 오늘 느낀 감정과 그 감정의 강도를 약함, 중간, 강함으로 표현해 보세요.

5. 생각만 하고 실천하지 못한 채 망설이는 일이 있다면 어떤 감정 때문인지,
   어떻게 하면 그 감정을 해결할 수 있을지 적어보세요.

5장

자존감

내 안의 어린이
지키기

자기합리화 vs
자기객관화

저는 감정일기에서 제일 중요한 것은 '솔직함'이라고 생각합니다. 우리는 자신에게 얼마나 솔직할까요? 인간은 혼자 쓰는 일기장에도 거짓말을 한다고 합니다. 그만큼 나 자신에게 솔직하기란 쉽지 않다는 의미입니다. 자신을 속이는 것에도 여러 이유가 있습니다. 진실을 직면하기 두려울 때, 상처를 회피하기 위해 구실을 만들어 낼 때, 자신을 속이며 잘못된 행동을 정당화할 때입니다. 자기합리화는 어떤 행동을 하고 나서 뜻대로 되지 않을 때 죄책감이나 자책감에서 벗어나기 위해 그럴듯한 이유를 만들어 냄으로써 자신의 말과 행동을 정당화하는 심리적 방어기제를 말합니다. 방어기제Defense Mechanism란 자아가 위협을 받을 때 무의식적으로 자신을 속이거나 상황을 다르게 해석함으로써 자신을 보호하려는 심리를 의미하는 정신분석 용어입니다. 예를 들어, 어떤 잘못된 행동을 하면 합리적인 이유를 찾아내거나 외부 환경의 영향력을 강조하면서 자신의 행동이 올바른 것처럼 정당화하려고 하는 것입니다. 위험으로부터 자신을 보호하려는 것은 인간의 본능이지만, 이것이 지나치면 현실을 왜곡하고 진실을 외면하게 만드는 부작용이 따를 수 있습니다.

배고픈 여우가 포도나무 밑을 지나게 되었습니다. 잘 익은 포도를 보고 마음이 급해진 여우는 포도를 따 먹기 위해 힘껏 뛰어올랐습니다. 그러나 포도송이는 닿을 듯 닿을 듯 여우의 애만 태우고 잡히지 않았습니다. 주둥이를 쭉 내밀어 봐도 까치발을 들어봐도 소용없었습니다. 결국, 기진맥진한 여우가 포도를 향해 눈을 흘기며 말했습니다. "저 포도는 아직 덜 익은 신 포도라서 맛이 없을 거야. 안 따 먹길 잘했어."

이솝우화 〈여우와 신 포도〉의 한 장면입니다. 이 우화의 주인공 여우에 대해서는 잘 익은 포도를 신 포도로 매도함으로 부족한 자신을 합리화시켰다는 비판적인 시선이 많습니다. 그러나 저는 여우에게 공감하는 부분도 있습니다. 여우처럼 '저 포도는 시어서 맛이 없을 거야'라고 합리화하며 정신승리를 하지 않고 어떻게든 포도를 따 먹으려면 삶이 얼마나 고단할까요. 엄청난 노력과 훈련을 통해 점프력을 키우거나, 다른 여우와 합작해서 포도를 따 먹어야 합니다. 둘 다 쉬운 것이 없습니다. 잘 익은 포도에 대한 미련을 버리지 못했다면 여우는 포도나무 밑을 떠날 수 없었을 것입니다. '저 포도는 신 포도'라는 자기합리화를 했기에 떨어지지 않는 발길을 돌릴 수 있었습니다.

초등학교 3학년 아이들과 감정일기를 쓰는 시간에 〈내가 쓰는 이솝우화 이야기〉를 써보았습니다. '내가 여우라면 어떻게 했을까?'에 대해서 쓰는 것입니다. 이렇게 써 보면 개인의 성향, 감정, 생각에 따라 다양한 이야기가 나옵니다.

초등학교 3학년 승재의 감정일기

8월 11일 금요일   오늘의 감정날씨 : 아쉬움

〈내가 쓰는 이솝우화 이야기〉

배고픈 여우가 걸어가다가 포도나무를 봤다. 포도를 따 먹으려고 했는데 키가 작아서 못 먹었다. 여우는 주변에서 돌을 찾아 포도나무에 던졌다. 돌을 맞아 포도송이 떨어졌다. 그런데 돌에 맞은 포도는 터지고 상처가 있어서 먹을 수 없었다. 또 돌을 던졌다. 또 포도가 터졌

다. 여우는 '아, 어차피 포도가 터져서 먹을 수 없구나' 생각하고 집으로 돌아갔다.

초등학교 3학년 지현이의 감정일기

8월 11일 금요일   오늘의 감정날씨 : 미안함

〈내가 쓰는 이솝우화 이야기〉

여우가 길을 걷고 있었다. "꼬르륵" 배가 고팠는데 포도송이가 주렁주렁 달려 있는 포도나무가 보였다. 주인 몰래 따먹으려고 몰래 포도나무에 다가갔다. 그런데 아무리 깡충깡충 뛰어도 포도송이에 팔이 닿지 않았다. 여우는 숲으로 달려가서 기린을 찾았다.

"기린아, 저기 포도나무에 포도가 너무 맛있게 열렸는데 같이 가서 따먹자."

"포도나무 주인이 허락했어?"

"응. 다른 동물들도 포도를 따 먹었어."

여우와 기린은 포도나무로 향했다. 목이 긴 기린이 쉽게 포도를 따주고 여우는 포도를 받아먹었다. 그런데 갑자기 포도나무 주인이 나타났다.

"아니, 누가 매일 포도를 따 먹나 했더니, 너 기린이었어?"

"아니에요. 저는 오늘 처음 왔어요. 여우가 포도나무 주인이 허락했다고 먹자고 했어요. 그치, 여우야?"

"응? 글쎄....저는 팔이 짧아서 포도를 따 먹을 수 없어요. 기린이가

사람들이 자기합리화에 빠지는 원인은 세 가지로 생각해 볼 수 있습니다. 첫째, 인지 부조화 Cognitive Dissonance 때문입니다. 자신의 행동이나 신념 사이에 모순이 있다는 걸 알게 되었을 때, 심리적으로 불안과 불편함을 느끼게 됩니다. 오랫동안 유지해 온 생각이나 행동이 잘못되었다는 걸 알게 될 경우, 순순히 인정하고 바꾸는 게 쉽지 않습니다. 이때 불안하고 불편한 감정을 줄이기 위해 주어진 상황에 맞춰 자기 태도나 신념을 바꾸면서 편안한 상태로 돌아가기 위해 자기합리화를 합니다. 잘못된 선택을 하고 난 후 그 선택이 어리석었다는 걸 알게 되었지만, 어떻게든 그 선택이 불가피한 것이었다고 믿으면서 끝까지 내가 옳았다고 우기는 것입니다. 자신의 잘못된 선택을 인정하기 어렵고, 원하는 결과를 얻지 못한 것을 받아들이기 힘들 때 인지 부조화를 해소하기 위해 누구나 쉽게 자신의 행동을 합리화합니다.

둘째, 자존감을 회복시키기 위해서입니다. 자기합리화를 통해 자신의 잘못된 행동이나 결정을 용서하고 자존감을 회복시켜 줄 수 있습니다. 자기합리화의 긍정적인 영향입니다.

셋째, 사람들과의 관계를 유지하기 위해 자기합리화를 사용합니다. 우리는 다른 사람들의 비난을 회피하기 위해서 자신의 행동을 올바른 것처럼 만드는 경향이 있습니다. 그러나 자신을 탓하지 않고 다른 사람 탓을 하면, 서로 간의 신뢰 관계를 해칠 수 있습니다. 자기합리화의 부정적인 영향입니다. 자기합리화는 자신에겐 정신적 상처를 주지 않는다는 장점이 있습니다. 하지만 사건의 발단을 타인의 탓으로만 돌리는 투영도 함께 일어나기 때문에 상대가 억울해할 수 있다는 단점도 있습니다. 그래서 자기합리화에서 벗어나기 위한 방법을 알아야 합니다.

자기합리화에서 벗어나기 위해서는 우선 자신에게 솔직해야 합니다. 자신의 잘못을 인정하고 받아들일 수 있어야 하며, 자신의 행동에 대해 타인의 의견을 듣고 이를 통해 자신을 객관적으로 볼 수 있다면 자기합리화에서 벗어날 수 있습니다. 이를 위해 '자기객관화'가 필요합니다. 자기객관화란, 자신을 하나의 객체로 보며 있는 그대로의 자신과 내가 바라는 자신, 타인이 보는 자신의 차이를 이해하고 객관적으로 바라보는 것입니다. 자신의 모습에 대한 자신의 주관적 평가와 타인들의 객관적 평가를 혼동하지 않는 것이 중요합니다. 자기객관화의 중요 역할은 '소통'에 있습니다. 자기 자신과의 소통, 타인과의 소통, 세상과의 소통입니다. 대부분의 심리적 불안은 자기객관화 부족에서 비롯됩니다. 타인이 나를 어떻게 볼지 모르기 때문에 주변 시선에 신경을 쓰느라 일희일비하고 휘둘리기 쉽습니다. 자기객관화를 하면 불안은 줄어들고, 안정감은 늘어납니다. 자기객관화는 몇몇 사람의 말에 귀를 기울이는 것이 아닙니다. 올바른 자기객관화는 가까운 몇몇 사람의 말을 너무 믿음으로써 발생하는 '가스라이팅(타인의 심리나 상황을 교묘하게 조작하여 그 사람이 스스로를 의심하게 만들고 타인에 대한 지배력을 강화하는 행위)'을 방지합니다. 그리고 나의 주관, 나의 내면에만 빠지는 '자폐적' 상태에서 벗어나 마음을 열고 세상과 소통할 수 있게 합니다.

일상에서 실행할 수 있는 자기객관화 방법 3가지를 소개하겠습니다. 첫 번째는 1장에서 말씀드렸던 감정 라벨링입니다. 나에게 나타나는 감정들에 이름을 붙이는 것만으로도 평정심을 얻을 수 있고 특정한 생각에 매몰되지 않게 도

움을 줍니다. 두 번째는 독서입니다. 자기객관화의 원동력
은 균형 잡힌 지성의 힘입니다. 지성은 사색과 독서를 통해
성장하고, 통찰과 깨달음을 얻으며 자신을 돌아보게 합니
다. 세 번째는 감정일기 쓰기입니다. 자신의 감정과 생각을
관찰하고 꾸준한 기록이 쌓이면 자기 이해에 도움이 됩니
다. 자기객관화에 좀 더 도움이 되기 위해서는 가끔 자신을 3
인칭으로 대하며 감정일기를 써 보세요. 가장 중요한 건 '소
통'이기때문에 내 안에 있는 답을 알아주지 않으면 그때부터
나 자신과 갈등이 생깁니다. '왜 이런 것도 몰라줘?' '서운해.
답답해.' 이렇게 토라지게 됩니다. 나 자신을 자라나고 있는
어린이로 생각해주세요. 화가 나거나 기분이 안 좋을 때도
"○○이 지금 화가 났구나. 무엇 때문에 기분이 안 좋을까?"
라고 대화를 시도합니다. 처음에는 손발이 오그라들고, 어
색해도 스스로 감정을 알아주기 좋은 방법입니다. 하다 보
면 은근 재밌기도 합니다. 결국 핵심은 '한번 물어봐 주는 것'
'타인을 대하듯 나를 대해 주는 것' 그것이 대화의 첫 시작입
니다.

　자기객관화 능력은 학생일 때는 학습 결과를 좌우하
지만, 더 나아가면 삶의 질을 결정합니다. 그래서 그리스 신
전 기둥에 새겨져 있었고, 소크라테스가 즐겨 사용했다는

'너 자신을 알라'는 말이 2000년이 훌쩍 넘도록 우리 주변에서 살아 숨 쉬는 진리가 된 것입니다.

초등학교 3학년 예지의 감정일기

8월 11일 금요일　　　　오늘의 감정날씨 : 불안

예지야, 오늘 감정이 어땠어?

불안하고 초조했어.

왜 불안하고 초조했어?

주희가 다른 친구랑 더 친해지는 것 같아서 불안했어.

예지는 주희랑 제일 친하고 싶어?

응. 예지는 주희가 좋아. 그런데 주희는 아닌 것 같아.

그럼 예지가 주희에게 어떻게 마음을 전하면 좋을까?

그냥 솔직한 게 제일 좋을 것 같아. 주희야, 난 너랑 제일 친하고 싶어. 이렇게.

그래. 예지는 솔직하니까 주희도 그 마음을 알아줄 거야.

감 정 일 기　쓰 기 t i p

✐ 나 스스로를 3인칭으로 부르기

✐ 자신의 이름을 부르며 지금 느끼는 감정 물어보기 (예 : ○○야, 오늘은 감정이 어땠어?)

양가감정 탐색하기

　가정은 우리 삶이 시작되고 평생 머무는 곳입니다. 물론 형태와 규모는 시기에 따라 달라지겠지만 모든 가정은 편안하고 행복하길 바랍니다. 현대사회는 전통적인 가정의 모습을 떠올리기 힘들만큼 다양한 형태의 가정이 형성되었습니다. 어떤 형태의 가정이든 변하지 않는 부모의 역할은 아이의 성장을 위한 적극적인 지지라고 생각합니다. 부모는 아이의 재능이나 특정 행동만 칭찬해주는 것이 아니라, 존재 자체만으로 마땅히 사랑받아야 한다는 믿음을 심어주는 것입니다. 어린 시절 가족 간의 안정적이고 친밀한 애착 관계가 형성되면, 한 아이의 성장에 큰 원동력이 됩니다.

　초등학교 5학년 원영이는 언제나 바르고 착한 아이였

습니다. 수업에서 어린이날에 대한 이야기를 나누지 않았다면, 원영이의 마음을 모르고 지나갈 뻔했습니다. 5월이 되면 각 지자체에서 '가정의 달'을 맞이해 다양한 가족 행사를 진행합니다. 아이들에게는 다채로운 문화 체험도 하고, 맛있는 음식도 먹으며 즐거운 추억을 쌓을 수 있는 날입니다. 어린이날이 다가오면서 아이들이 한껏 들뜬 날이었습니다.

"너 어린이날 뭐해? 어디가?"

"응. 우리는 바다 가서 체험도 하고 보트도 타기로 했어."

"나는 공연 보러 가기로 했어."

"우리는 놀이동산 가."

"나는 수영장 가서 하루 종일 놀 거야."

너도나도 쉼 없이 어린이날 계획을 자랑하며 떠들썩할 때 원영이는 그저 미소만 짓고 있었습니다. 혹시 말하기 힘든 사정이 있을 수 있으니까 굳이 물어보지 않고 수업을 시작하려고 했는데, 한 친구가 원영이에게 물었습니다.

"원영아 넌 어린이날 뭐할 거야?"

"난 그냥 집에서 놀아."

"왜? 어디 안 가?"

"응. 엄마는 일 나가야 하니까 어디 갈 수가 없어."

"그럼 아빠랑 놀면 되지."

"나 아빠 없어."

거짓말을 할 수도 있었을 텐데 원영이는 굳이 숨기지 않고 솔직하게 얘기했습니다. 원영이네 가정은 어머니가 홀로 자녀를 양육하는 한부모 가정이었습니다. 최근에는 한부모 가정이 계속해서 늘어나는 추세이고, 자주 만날 수 있는 가정의 형태라서 놀랍지는 않았습니다. 다만 원영이가 들려준 아빠에 대한 이야기는 조금 걱정스러웠습니다.

"저희 아빠는 결혼하셨어요. 그래서 어린이날 저 만나러 못 와요."

아빠는 '재혼'을 했다고 말하는 것 같았습니다. 나름의 사정이 있겠지 생각하면서도 그 사정 보다 원영이의 마음이 걱정됐습니다. 이렇게 다른 아이들이 있는 자리에서 계속 이 얘기를 하는 것이 괜찮을까 염려스러웠습니다. 그런데 원영이가 의외의 말을 꺼냈습니다.

"제가 아빠 이야기를 하지 않은 이유는 아무도 물어봐 주지 않아서예요. 그런데 하고 싶어도 기억이 별로 없어서 할 얘기가 없긴 해요. 아빠가 보고 싶기도 한데 엄마를 힘들게 할 것 같아서 보기 싫기도 해요. 이런 마음은 아빠를 미워하는 건 아니죠?"

"그럼. 그런 감정은 누구나 느껴. 보고 싶은데 보기 싫고, 먹고 싶은데 먹기 싫고, 놀고 싶은데 놀기 싫고, 사랑하지만 밉기도 하고, 이렇게 두 가지 다른 감정이 동시에 느껴지는 것을 양가감정이라고 해."

원영이는 아빠에 대한 양가감정을 느끼면서도 그 마음이 아빠를 미워하는 마음일까 걱정하고 있었습니다. 양가감정은 양가성兩價性이라고도 하며, 상실감, 슬픔, 분노 등의 감정이 희망과 기쁨, 연민 등의 감정과 함께 섞여 있는 상태를 의미합니다. 동일 대상에 대해서 정반대의 상대적인 감정이 동시에 느껴지고, 두 가지의 상호 대립하거나 상호 모순되는 감정이 동시에 공존하는 상태입니다. 우울함이 오면 자연스레 방어기제가 형성되고 행복 호르몬 세로토닌과

도파민을 쥐어짜기에 이기고 싶은 마음과 포기하고 싶은 마음이 동시에 생깁니다. 절망스러운 시간이 계속될 것 같다가도 절망이라 생각했던 곳에 따뜻한 봄바람이 불기도 합니다. 내 마음을 나도 어찌할 바 모르는 것, 그것이 양가감정입니다. 사람의 감정은 워낙 복잡하고 예측하기 어렵습니다. 양가감정은 우리의 감정 세계가 단순히 '기쁨' 또는 '슬픔'으로 규정되지 않는 매우 복잡한 것임을 보여줍니다.

덤덤하게 아빠에 대한 양가감정을 꺼낸 원영이가 늘 바르고 착한 아이였던 것은 '나까지 엄마를 힘들게 하면 안 된다'는 생각 때문이었습니다. 아마 원영이는 우리가 생각하는 것보다 훨씬 많이 애쓰고 노력했을 것입니다. 지금은 한부모 가정에 대한 편견을 없애기 위해 나라와 우리 사회도 노력하지만 변하지 않는 것이 있습니다. '행복한 이별'로 한부모 가정이 된 게 아니라면 많은 아이들이 '불안'에 취약해질 수 있다는 점입니다.

한부모 가정의 아이는 우선 한쪽 부모가 날 떠났다는 불안을 느낍니다. 그런데 더 큰 불안은 남아있는 부모도 나를 떠날 수 있다는 불안입니다. 그래서 필사적인 사람이 됩니다. 이때 같이 사는 부모가 아이에게 어떻게 하는지가 중요합니다. 부모가 아이를 하대하면 다른 사람들도 나를 그렇게 보지 않을까 또 불안해집니다. 요즘은 한 자녀를 둔 가정이 워낙 많다 보니 아이들은 자신의 욕구가 바로 채워지는 것에 익숙합니다. 그러나 원영이는 항상 다른 사람을 먼저 배려하고 양보했습니다. 그렇게 바르고 착한 아이라고만 생각했는데 어쩌면 자기도 모르게 너무 애쓰고 있었는지도 모릅니다.

초등학교 5학년 원영이의 감정일기

5월 2일 화요일   오늘의 감정날씨 : 보고 싶지만 보고 싶지 않다

5월이 되면 다들 바빠 보인다. 어린이날과 어버이날, 스승의날까지 있다. 다른 친구들은 어린이날 놀러 가는 얘기로 신나 보였다. 나는 아마 작년처럼 혼자 집에서 TV를 볼 것 같다. 엄마는 일을 나가고 아빠는 상황 봐서 연락하겠다고 했는데 안 올 것 같다. 어린이날 아빠가 온 적은 한 번도 없었다. 아빠를 기다리지 않겠다고 했지만 그래도 혹시나 하는 마음이 생긴다. 그럴 때마다 엄마는 아빠한테 뒤통수 맞은 적이 한두 번이 아니니까 믿는 도끼에 발등 찍히지 말고 아빠를 믿지 말라고 했다. 그런데 앞통수 맞으나 뒤통수 맞으나 아픈 건 똑같다. 믿는 도끼에 발등 찍히나 안 믿는 도끼에 발등 찍히나 어차피 찍히는 거라면 아빠를 믿어보기라도 하고 싶다.

감정일기를 제출하면서 원영이가 했던 말이 생생하게 기억납니다.

"선생님, 오늘 일기는 다른 사람은 몰라도 엄마는 절대 보면 안 돼요. 비밀이에요. 아셨죠?"

원영이는 자기가 솔직한 마음을 말하면 엄마에게 사랑받지 못할까 봐 걱정했습니다. 아빠 없이도 바르고 씩씩하게 잘하고 있다는 칭찬을 듣고 싶고, 자기 때문에 엄마가 힘들어지면 안 된다고 했습니다. 이때도 자기 마음보다는 엄마 마음을 걱정하는 원영이가 너무 일찍 철이 들어버린 것 같아 안타까웠습니다.

사람은 누구나 인정認定의 욕구가 있습니다. 내가 소중히 여기는 대상에게 인정받고자 하는 마음은 지극히 자연스러운 욕구이며 인간 본연의 모습입니다. 다른 사람에게 인정받는다는 것은 기쁜 일입니다. 내 삶을 의미 있게 잘 살고 있음을 확인받는 일입니다. 그러나 타인의 사랑이 느껴지지 않고 인정이 멈췄을 때, 인정으로부터 오는 영양분이 끊긴 것처럼 휘청이게 된다면 더 힘들어질 수 있습니다. 인정받지 못하는 자신을 탓하고 사랑받지 못할 거라는 불안이 높아지면 자존감은 떨어지고 점점 움츠러들게 됩니다. 다른 사람은 인정 못 받아도 자기 살길은 모색하는데 인정 욕구가 너무 강한 사람들은 인정받는 것이 거의 생존의 문제입니다. 그러다 보면 나는 왜 거절을 못 할까, 나는 왜 이렇게 못났을까, 자기 자신에 대해 점점 자신감을 잃어가고 자존감이 낮아집니다. 원영이는 거절 받지 않기 위해서, 인정받고 싶어서 애쓰는 자신을 알고 있을까요. 자기를 떠나서 밉지만 한편으로는 기다려지는 아빠, 자기를 위해서 열심히 일하고 키워줘서 감사하지만 엄하고 무서운 엄마, 자기 마음을 솔직하게 표현하면 엄마 아빠가 힘들어질까 봐 걱정하느라 자기감정을 살피지는 못했습니다.

원영이는 친구들에게 자신을 낮추면서 다가가고 양보하는 착하고 성실한 아이였습니다. 그런데 그 모습을 우리 어른들은 그저 착한 아이로만 바라보고 그렇게 해야 한다고 무언의 압박을 준 건 아닐지 돌아봅니다. 원영이가 나를 지키면서 타인에게 다가가는 훈련을 했으면 좋겠습니다. 양가감정을 잘 탐색해보면 마음의 상처를 들여다볼 수 있습니다. 마음의 상처가 있을 땐 무조건 감정에 직면하지 말고, 곁에서 지지해주는 사람과 함께 자기감정을 알아가야 합니다. 서로의 감정을 존중하고 지지해주는 건강한 관계가 많은 세상을 꿈꿔봅니다.

감정일기 쓰기 t i p

🖊 양가감정을 느꼈던 대상이나 상황 떠올려보기

🖊 양가감정을 일으킨 원인에 대해서 쓰기

　　(예 과거의 경험, 상처, 사회적 압력, 기대, 자신의 가치관이나 신념과의 충돌, 타
　　인의 반응, 평가 등)

나만의
동사 찾기

"커서 뭐가 되고 싶어?"

"장래 희망이 뭐야?"

어린 시절 누구나 한 번쯤 들어봤을 질문입니다. 그때 우리는 뭐라고 대답했는지 기억하시나요? 대통령, 과학자, 선생님, 의사, 요리사, 운동선수, 비행사 등 이렇게 직업을 말하는 아이들이 대부분이었습니다. 그렇게 대답해야 하는 줄 알았고, 어른들이 원하는 답변도 그랬습니다. 간혹 독특한 답변을 하는 아이들은 어른들의 설득으로 결국 어른들이 원하는 답변으로 바꾸기도 했습니다. 생각나는 직업이 없고, 아직 하고 싶은 게 없는 아이들은 이런 질문이 난감합니다.

우리는 왜 장래의 꿈을 꼭 '명사'로 정해야 했을까요? 장래 희망이나 장기적인 계획을 세울 때는 '명사형'이 아닌 '동사형'으로 정해야 한다는 것을 저도 한참 뒤에 깨달았습니다. 명사형의 직업을 얻기 위해 성취에 연연하면 그 과정에서 꿈을 이루지 못할까 봐 초조함과 조바심으로 마음이 즐겁지 않습니다. 꿈을 명사 안에 가두면 뜻대로 되지 않았을 때 실패했다고 생각하며 좌절감을 느낄 수도 있습니다. 예를 들어 '화가'가 되겠다고 꿈꿨던 사람이 그 직업을 얻지 못하면 꿈이 이루어지지 않았다고 생각하지만 스스로를 '창조 활동을 하는 예술가가 되겠다'라고 생각하면 꿈을 이룰 수 있는 방법은 다양합니다. '교사' 대신 '가르치는 사람이 되겠다' '작가' 대신 '글을 쓰겠다' '요리사' 대신 '요리를 하겠다' 등 동사형 목표를 세우면 꿈을 향한 여러 가지 가능성을 열어줍니다.

동사는 인간의 본능 중에서도 '행위·동작·작용·상태'를 표현하기 위한 도구입니다. 영어 공부를 할 때도 동사의 중요성에 대해 많이 언급합니다. 학창시절 영어 시간에 가장 많이 들었던 말도 "동사를 찾아라"였습니다. 수많은 영어 선생님들이 공통적으로 말씀하셨던 것을 보면 동사를 찾는 게 중요하긴 한가 봅니다. 덕분에 저는 지금도 영어 문장을 보면 습관적으로 동사를 찾습니다. 인생에서도 동사를 찾는 게 중요하다고 누가 일러주었다면 좋았을 텐데, 동사를 늘 영어 문장에서만 찾고 있었던 것이 아쉽습니다. 동사는 영어 문장의 기본 구조와 전체적인 의미를 결정하는 중추적인 역할을 합니다. 몇 가지 예를 들어보겠습니다.

- (주어) 먹는다.
- (주어) 달린다.
- (주어) 간다.

주어+동사 구조에서 주어를 빼고 해석해도 문장의 의미를 파악할 수 있습니다. 반면 나, 너, 우리 등 주어만 있고 동사가 없으면 해석이 안 됩니다. 그래서 동사 없이는 문장이 완전한 의미를 형성할 수 없습니다. 물론 영어를 체계적으로 배우기 위해서는 명사·대명사·동사·부사·형용사·전치사·접속사·감탄사 8품사 모두 중요합니다. 그러나 저는 우리가 동사와 좀 더 친해지면 좋겠습니다. 명사를 만나기 위해서는 수많은 동사와 마주해야 합니다. 나의 선택에 의한 동사의 삶을 사는 것이 중요합니다. 아이들과 감정일기 수업에서 '나의 꿈을 위해 지금 하고 있는 것'에 대해서 작성하는 시간을 가졌습니다. 아이들에게는 지금 꿈이 없어도 괜찮고, 꿈이 있다면 꿈보다 더 중요한 건 내가 지금 꿈을 위해서 무엇을 하고 있는지가 중요하다고 말해줍니다. 아이들은 어떤 동사와 마주하고 있을까요.

초등학교 4학년 주호의 감정일기

10월 18일 화요일   오늘의 감정날씨 : 뿌듯함

나는 축구 선수가 되기 위해서 매일 운동장을 뛴다. 처음에는 아빠보다 느렸는데 지금은 내가 아빠를 이길 수 있다. 그리고 싫어했던 멸치와 콩도 먹고 있다. 여전히 맛은 없지만 몸에 좋고 축구를 잘하려면 건강해야 해서 조금씩 늘려가고 있다. 요즘은 감정일기도 매일 쓰고 있다. 축구를 하다보면 부딪히고 싸우기도 했는데 이제는 무조건 화내지 않고 싸움도 줄이기 위해서 감정을 조절하려고 한다. 나중에 훌륭한 축구 선수가 되면 나의 방법을 사람들에게 알려주려고 한다. 그럼 엄청 뿌듯할 것 같다.

초등학교 3학년 지아의 감정일기

1월 22일 월요일   오늘의 감정날씨 : 상쾌함

나는 책을 읽을 때 제일 기쁘다. 왜냐하면 어른이 돼서 시인이 되고 싶은데 시를 잘 쓰려면 책을 많이 보면 도움이 되기 때문이다. 도서관

에 가서 어떤 책을 골랐는데 그 책 내용이 나랑 마음이 비슷하면 큰 위로를 받는다. 그럴 때 나는 내가 시인이 되는 상상을 한다. 그러면 기분이 너무 좋고 가슴이 두근두근 뛰면서 행복하다.

초등학교 3학년 선우의 감정일기

1월 22일 월요일   오늘의 감정날씨 : 답답함

나는 유튜버가 되고 싶어서 매일매일 유튜브를 본다. 그런데 유튜브를 본다고 매일 혼난다. 유튜버가 되고 싶어서 유튜브를 보는데 계속 혼나면 어떻게 해야 할까? 나는 할 수 있는 게 없다. 그냥 혼난다. 나중에 유튜버가 되면 방송에서 나를 혼낸 사람들에 대해서 다 말할 것이다. 그러면 구독자들이 댓글로 나를 위로해 주겠지?

어리게만 느껴졌던 아이들도 자기 나름대로 노력하고 앞으로의 계획도 있습니다. 초등학교 3학년 선우는 아직 자신의 꿈을 인정받지 못하고 있지만, 훗날 유튜버가 되어서 구독자들에게 인정받을 생각을 하고 있다는 게 재밌었습니다.

『Secrets of the Millionaire Mind(백만장자 시크릿)』의 저자 하브 에커T. Harv Eker는 부유한 사람들의 성공 순서를 세 가지 동사 'Be(되다) - Do(하다) - Have(갖다)'라고 말합니

다. 저자는 문장의 주어를 부유한 사람이라고 칭하고 있지만, 의미를 그 안에 가둘 필요는 없습니다. 잠재력을 실현하며 어제보다 더 나은 삶을 꿈꾸는 사람들을 위한 메시지로 볼 수 있습니다. 무언가를 소유했기 때문에 그들이 부유해진 것이 아니라, 건강한 마인드로 자신을 단련시키고 이를 실천하여 부유해졌다고 말합니다. 결국, 사고를 변화시키고 실천하는 것이 중요합니다.

우리 삶에서 나만의 동사 찾는 세 가지 방법을 말씀드리겠습니다. 첫째, 직접 해보고 느껴보는 다채로운 경험이 필요합니다. 경험에는 간접경험과 직접경험이 있습니다. 흔히 간접경험은 책, 영화, 매체를 통한 경험이고, 직접경험은 여행, 운동 같은 것입니다. 간접경험과 직접경험은 대개 동시에 일어나고 완전히 분리된 경험은 아닙니다. 예를 들어 학교에서 책을 통해 공부를 하는 것은 책이라는 매개체로 간접경험을 하면서 동시에 학교에서 공부한다는 직접경험도 하는 것입니다. 그럼에도 직접경험을 강조하는 이유는 머리로만 이해할 수 없는 몸의 감각과 당시 느낀 감정을 표현하는 것은 직접경험을 통해서만 가능하기 때문입니다.

둘째, 경험을 통해 인생의 X표를 만듭니다. '직접 해보니 이건 아니다'라고 생각되는 것을 잘 버리기만 해도 앞으로의 방향성에 큰 도움이 됩니다. 셋째, 자서전적 기억이 필요합니다. 여기서 여러분이 찾아보셔야 할 것은 나에게 어떤 이익도 없고, 돈을 벌지 못해도 진짜 재밌었던 것을 찾아보시는 것입니다. 어린아이처럼 신나게 할 수 있었던 것을 찾아 기록해 보세요. 동사를 붙여보면 좀 더 역동적이고 주체적인 삶의 모습으로 변화될 수 있을 것입니다.

감 정 일 기 쓰 기 t i p

- ✎ 어린 시절 장래 희망을 동사로 바꿔보기
- ✎ 내 인생의 동사 찾기 : 어떤 동사로 이루어져 있는지, 실행하고 있는 동사에 대해 쓰기

as if 기법
활용하기

초등학교 2학년 소리는 작은 체구에 순정만화 속에서 튀어나온 듯한 외모를 가진 아이였습니다. 볼 때마다 '인형 같다'라는 말이 떠올랐습니다. 그런데 소리의 목소리를 듣는 일이 여간 힘든 일이 아니었습니다. 다른 친구들이 너 나 할 것 없이 목소리를 높일 때도 그저 바라보기만 했습니다. 궁금증은 생각보다 빨리 풀렸습니다. 그다음 수업에 소리 어머니가 소리를 데려다주러 오면서 인사를 나눴습니다.

"저번에 학교 공개수업에 다녀왔거든요. 소리가 수업 시간에 아무 말도 안 하고 있더라고요. 어쩌다 발표를 해야 했는데 말을 안 하고 입을 꾹 다물고 있는 거예요. 그래서 말을 하라고 제가 재촉했는데 결국 못하고 그냥 끝났어요. 집에서는 안 그러거든요. 오히려 집에서는 오빠랑도 큰 소리 내면서 싸우고 저한테도 막 따지고 대들어요. 그래서 다른 활동 좀 시켜봐야겠다 생각하고 있었는데, 감정일기 수업이 도움이 될까 싶어서 보냈어요. 여기서는 어떤가요?"

아직 좀 더 지켜보고 소리와 얘기도 나눠봐야 할 것 같다고 말씀드렸습니다. 저는 발표에 자신 없는 아이들 마음을 충분히 이해합니다. 저도 초등학교 6년 내내 모두 다른 담임 선생님이었는데 마치 한 명의 선생님이 작성한 것처럼 성적표에 '발표력이 부족합니다'라는 말이 적혀있었습니다. 언젠가 초등학교 동창이 제가 강의하고 TV에 출연하는 것을 보고 '오래 살고 볼 일이다'라고 말할 정도로 다른 사람 앞에서 발표하는 게 두렵고 싫었습니다. 소리에게만 따로 물어보는 건 부담을 느낄 수 있어서 자연스럽게 모두에게 물었습니다.

"얘들아. 요즘 학교에서 발표할 기회가 많다던데, 발표하는 거 어때?"

"싫어요. 앞에 나가서 하는 거 창피해요."

"그냥 친구들끼리 놀 때는 안 그러는데 발표만 하라고 하면 떨려요."

"발표하려고 하면 생각이 정리가 안 돼요."

"어떻게 말해야 할지 모르겠어요."

늘 '정답'을 요구받는 학생들에게 발표는 너무 어렵습니다. 성인들도 발표를 힘들어하고 스트레스를 받는데 아이들이라고 다르지 않습니다. 발표하는 방법을 제대로 배운 적이 없으니 발표하는 방법도 잘 모릅니다. 그때 소리가 작은 목소리로 입을 열었습니다.

"저는 다른 사람 앞에서 말하는 게 불안해요."

생각을 인과관계에 맞춰 정리하는 방법을 배우고 자기주장을 명확하게 말하는 방법을 배워도 심리적인 원인을 해결하지 못하면 계속 같은 문제가 반복될 수 있습니다. 모든 문제는 단 한 가지 방법만으로 해결되지 않습니다. 아이들이 자신의 생각을 자신 있게 말할 수 있도록 as if 기법(마치 ~처럼)을 활용해서 함께 연습하는 시간을 가졌습니다.

as if 기법은 오스트리아의 의사이자 심리치료사인 아들러A. Adler가 개발한 상담 기법입니다. 누구나 어려움을 겪지만 모두가 어려움에 메어 있지는 않습니다. 아들러 상담에서는 이런 학생들을 어려움에서 빠져나오도록 도울 방법으로 'as if 기법'을 제안합니다. 사람들에게 할 수 있으면 'as if 기법' 행동해 보도록 하는 것입니다. 아들러는 사람들의 심리적인 문제가 사실이 아닌 허구에 의해서 더 많은 영향을 받는다고 생각했습니다. 그래서 열등하지 않은 사람도 열등감을 느낄 수 있고, 열등한 사람도 열등감을 느끼지 않을 수 있다는 것입니다. 그러므로 열등감에서 벗어나는 방법은 마치 열등하지 않은 것처럼as if 생각하고 행동하면 된다고 주장했습니다. CEO가 되고 싶다면 CEO처럼 생각하고, 친절한 부모가 되고 싶으면 친절한 부모인 것처럼, 자존감을 높이고 싶다면 자존감이 높은 사람인 것처럼 행동하라는 것입니다. 이것은 가정과 학교에서 쉽게 적용할 수 있습니다. 소리는 발표할 때 불안하고 긴장돼서 평소와 다르게 움츠러들고 목소리가 작아지고 떨렸습니다. 소리에게 as if 놀이를 하자고 제안했습니다.

"소리는 혹시 발표 목소리가 마음에 드는 사람이 있어?"
"음악 선생님 목소리처럼 되고 싶어요."

"음악 선생님 어떤 점이 마음에 들었어?"

"음악 선생님은 일부러 크게 이야기하려고 하지도 않는데 크게 잘 들리고 무섭지도 않고 노래도 잘해요."

"그럼 지금부터 소리가 음악 선생님이 됐다고 생각하고 발표를 해볼까? 소리가 음악 선생님 역할을 맡았다고 생각하는 거야. 어때?"

"음악 선생님은 되게 예뻐요."

"소리도 충분히 예뻐. 할 수 있겠어?"

잠시 망설이던 소리가 아주 짧게 발표를 하더니 갑자기 까르르 웃었습니다. 처음에는 어색해했지만 음악 선생님 역할을 한다는 것이 새롭게 느껴졌던 것 같습니다. 저는 아이들에게 'as if 기법'을 설명했습니다. 사람들은 누구나 자신이 어떤 사람이라고 생각하면서 살아갑니다. 마치 자기 스스로에게 배역을 정해주고 연기를 하게 하는 연출자와도 같습니다. 소리는 스스로에게 '발표가 긴장되고 어려운 학생' 역할을 주었습니다. 그리고 그 역할 속에서 불안하고 스트레스를 받은 것입니다. 이때 새로운 역할을 받아들이고 '음악 선생님'이라는 구체적인 모습을 생각했기 때문에 수월하게 새 역할을 연습할 수 있었습니다. 'as if 기법'이 주는 메시지는 '발표를 어려워하는 내가 문제가 아니고, 나는 문제를 겪는 사람이다. 내가 원하는 것은 문제의 해결이다. 나는 문제를 해결하기 위해서 새로운 역할을 선택할 수 있다.'입니다. 자신의 문제를 해결하는데 가장 큰 역할을 할 사람은 바로 자기 자신임을 알아차리게 해주는 것이 중요합니다.

초등학교 2학년 소리의 감정일기

6월 24일 금요일   오늘의 감정날씨 : 떨렸다

나는 사람들 앞에서 발표하라고 하면 떨리고 무섭다. 모두 나를 쳐다보고 있는 것도 싫고 발표만 하면 말을 못 하는 내가 바보 같다. 오늘 감정일기 시간에 내가 음악 선생님이 된 것처럼 발표를 해봤는데 기분이 이상했다. 음악 선생님을 흉내 냈더니 진짜 내가 음악 선생님이 된 것 같았다. 음악 선생님처럼 발표를 잘하지는 못했지만 재밌었다. 다음에는 나도 발표를 연습해서 잘하고 싶다.

감 정 일 기 쓰 기 t i p

✏ 내가 연습하고 싶은 상상 속의 역할 찾아보기
✏ 상상 속의 역할을 실생활에서 실천해 보고 감정일기 쓰기

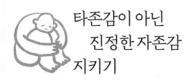

타존감이 아닌
진정한 자존감
지키기

여러분은 '그네 타는 기분'을 어떤 감정으로 표현할 수 있나요? 이것 또한 각자의 경험에 따라 다를 것 같습니다. 그네를 처음 탈 때는 누군가 밀어주는 힘이 필요하지만 그네에 타고 있는 사람도 다리를 쭉 뻗고 나아가려는 방법을 터득해야 합니다. 그래야 혼자서도 탈 수 있는 힘이 생깁니다. 저는 처음으로 누군가 밀어주지 않아도 스스로 그네를 움직이고 멈출 수 있게 되었을 때 제 자신이 굉장히 기특했습니다. 다른 아이들보다 더 높이 더 가파르게 올라가지는 못했지만 그네 타기의 시작과 멈춤을 자유롭게 할 수 있게 된 것만으로도 뭔가 내 마음대로 결정할 수 있게 된 것 같은 느낌이었습니다.

가끔 어린 시절의 저와 마주하는 순간들이 찾아옵니다. 처음엔 불가능했던 일을 누군가의 도움 없이 혼자서 할 수 있게 되면 처음으로 혼자 그네를 탔던 순간이 떠오릅니다. 또 어린 시절 읽었던 책을 어른이 되고 다시 읽었을 때도 그렇습니다. 세계적인 베스트셀러이자 초등학교 교과서에도 실렸던 마우루 지 바스콘셀로스Jose Mauro de Vasconcelos의 『나의 라임오렌지 나무』는 어린 시절의 기억을 다시 만나게 해주었습니다. 지구 반대편의 그 옛날 이야기가 아직도 많은 사람들의 마음을 움직이게 하는 것은 다섯 살 꼬마 제제만 느끼는 감정이 아니라 어른이 되어서도 사라지지 않는 외로움, 슬픔 때문이 아닐까요. 누구나 가슴 안에 있는 울고 있는 어린아이, 그 아이가 우리를 제제에게로 이끄는 것은 아닐까 생각했습니다. 어릴 때 읽을 때는 몰랐던 주인공 외에 가족들에 대한 느낌도 다르게 다가왔습니다. 서로를 이해하고 보듬기엔 그들의 삶이 너무 팍팍했던 것이 보였습니다. 지금의 우리와 크게 다르지 않은 것 같아서 더 와닿았는지도 모릅니다. 『나의 라임오렌지나무』를 만화로 다시 출간했던 이희재 만화가는 아이들용이 아닌 어른이 읽어야 할 만화라고 말했습니다. 어른이 한 번 돌아보면서 '내가 어린이들의 마음을 살피지 못했구나' 생각해 볼 수 있으니까요.

왜 어린 시절의 나와 만나고 어린이들의 감정을 살펴야 할까요? 우리는 자존감이 중요하다고 말하면서 타인이 자신을 어떻게 평가하는지에 더욱 민감합니다. 우리가 생각하는 자존감의 80%는 타인의 평가에서 오는 타존감의 일부에 지나지 않습니다. 진정한 자존감을 키우고 지키려면 나의 어린 시절로 돌아가야 합니다. 한 인간의 자존감 발달 주요 원천으로 생애 초기 부모의 태도를 꼽습니다. 건강한 자존감에 기여하는 어린 시절의 경험으로는 존중하는 말, 적절한 관심과 애정, 경청, 성취 인정, 실수나 실패 인정 및 수용이 있습니다. 낮은 자존감에 기여하는 어린 시절의 경험은 신체적·정서적 학대, 가혹한 비판, 무시, 항상 완벽할 것으로 기대되는 태도가 있습니다. 자존감이 높은 사람들은 심리적으로 행복하고 건강한 삶을 사는 반면 자존감이 낮은 상태에서는 불안과 우울을 경험하며 부정적인 필터를 통해 세상을 보고 심리적으로 편안하지 않습니다. 누구나 태어날 때는 건강한 자존감을 가지고 태어나지만 고통받았던 과거의 경험과 기억으로 건강하지 못한 내면의 프로그램이 만들어졌습니다. 현재를 살아가고 있는 우리는 과거를 생각하며 비난하고 불안하고 두려워하고 있습니다. 우리가 어린 시절을 바꿀 수는 없지만 현재는 바꿀 수 있습니다.

저는 감정일기 수업에서 '자존감 법정 놀이'를 합니다. 나의 자존감을 내가 지키는 놀이입니다. 판사, 검사, 변호사 의상과 판사봉 세트까지 준비하면 제법 법정 분위기가 되어 실감 납니다. '자존감 법정 놀이'는 자신이 피고인과 자신의 변호인이 되어 1인 2역을 소화해야 합니다. 피고인은 고소인(피해자)으로부터 고소를 당하여 형사재판을 받는 사람입니다. 재판을 받아야 하는데 변호인 역시 자신입니다. 왜냐하면 나의 이야기는 내가 제일 잘 알기 때문입니다. 판사 역할은 제가 합니다(어린 시절 이루지 못한 꿈을 이렇게라도 이루고 싶은 지극히 개인적인 욕심과 흥미로 시작한 놀이입니다). 기억에 남는 아이들의 '자존감 법정 놀이' 사례를 소개하겠습니다. 초등학교 4학년 사랑이는 '너무 예쁜 죄'로 고소당해서 피고인이 되었고, 스스로를 변호하기 시작했습니다.

피고인 (이사랑) : 저는 너무 예뻐서 피곤합니다. 가만히 있어도 오해를 받습니다. 어제도 이마트에 갔는데 어떤 할머니가 저를 보고 계속 너무 예쁘다고 만졌습니다. 저는 귀찮았지만 어른이니까 참고 가만히 있었습니다. 그런데 저보고 얼굴만 예뻤지 버릇이 없다고 했습니다. 어른이면 아무렇게나 저를 만져도 되나요? 저는 억울합니다.

변호인 (이사랑) : 피고인은 예쁘다는 이유로 이런 일을 종종 당합니다. 어떻게 해야 할지 모르고 쑥스럽기도 해서 가만히 있으면 오해를 받습니다. 판사님, 예쁜 게 죄는 아니잖아요? 무죄를 선고해주세요.

방청석에 앉아있던 짓궂은 남자 아이들이 "야, 너 그 정도로 예쁘지 않거든?" "공주병 아니야?"라고 말했습니다. 그러자 사랑이는 흔들리지 않고 발언을 이어갔습니다.

피고인 (이사랑) : 이런 관심을 받아보지 못한 사람들은 저의 마음을 이해하지 못합니다. 겪어보면 얼마나 힘든지 알 수 있습니다.
변호인 (이사랑) : 피고인은 이런 일로 스트레스를 많이 받았습니다. 피고인도 자신을 지킬 권리가 있습니다.

사랑이의 '너무 예쁜 죄'는 무죄 판결을 받고 사건은 종결되었습니다. 가볍게 놀이처럼 하지만 '자존감 법정 놀이'를 통해 사랑이가 모르는 사람들에게 받는 관심이 부담스럽다는 것을 알 수 있었습니다. 아이라도 지켜줄 건 지켜줘야 합니다. 성인들은 '자존감 법정 놀이'를 하면 눈물을 흘리는 사람들이 많습니다. 살아온 시간만큼 아직 해결하지 못한 내면의 문제들이 많으니까요. 성인들은 방청객들의 질문도 많이 받습니다. 스스로에게 질문하는 것은 나의 고민을 들여다보는 일이고 다른 사람에게 질문을 받는 것은 나를 변호하는 일입니다. 나를 변호하기 위해서는 자신의 삶에 어떤 스토리가 있는지 알아야 합니다. 만약 생각나는 스토리가 없다면 부모님이나 친한 친구들에게 물어보는 것도 좋습니다. 그리고 무엇보다 자신의 장점과 나에 대한 좋은 기억, 내가 중요하게 생각하는 것을 준비하면 나를 변호하는데 도움이 됩니다. 나의 이야기는 나의 것이라 누구에게도 빼앗기지 않는 강력한 힘이 있습니다. 자신을 진정으로 사랑하고 존중하는 것은 진정한 자기로 살아가는 것입니다.

초등학교 4학년 사랑이의 감정일기

11월 16일 목요일   오늘의 감정날씨 : 후련함

오늘 법정 놀이를 했다. 나는 피고인도 되고 변호인도 됐다. 나의 죄명은 '너무 예쁜 죄'였다. 모르는 사람들이 자꾸 나를 만지는 게 싫은데 어른들은 예쁘다고 하면서 만지고 볼을 꼬집는다. 예쁘다고 해주는 건 좋지만 나를 만지지 않았으면 좋겠다. 그래서 나는 나의 스트레스를 당당하게 얘기하고 법정에서 무죄를 선고해 달라고 했다. 나는 잘못한 게 없으니까 무죄를 받아야 했다. 판사님은 무죄를 선고해주셨다.
무죄를 선고합니다. 땅땅땅! 하는데 마음이 엄청 후련했다. 이제 나는
피고인이 아니다. 그냥 이사랑이다.

감 정 일 기 쓰 기 t i p

✎ 타인의 시선과 평가에 얼마나 민감한가 돌아보기
✎ 나의 변호인이 되어서 나를 변호하며 느껴지는 감정에 대해 쓰기

두 가지 거울(성찰&분별)을 활용한 감정일기 쓰기

독일의 철학자 니체는 "인간은 망각의 동물"이라고 말했습니다. 기억과 망각의 그물 속에서 살아가는 인간의 기억력은 한계가 있습니다. 아무리 기억력이 좋아도 시간은 붙잡을 수 없이 빠르게 흐르고 며칠 지난 일을 떠올리려 해도 힘든 순간들이 있습니다. 감정일기는 과거의 기억과 함께 그때의 감정을 되살리는데 도움이 됩니다. 물론 모든 일을 기억해야 하는 건 아닙니다. 기억하고 싶지 않은 일들도 있습니다. 그러나 과거와 현재의 내가 아무런 변화가 없거나 더 나아지지 않는 것 같은 느낌이 든다면, 나의 과거와 현재를 제대로 돌아보고 이해하는 시간이 필요합니다.

감정일기를 쓰다보면 자신도 모르게 습관적인 반성으로 마무리하는 사람들이 있습니다. 물론 자신을 돌아보고 성찰하는 시간도 필요하지만 자신이 현재 느끼는 감정을 구체적으로 상세하게 알아차리는 '정서 분별'도 필요합니다. 우리가 순간적으로 느끼는 감정 안에 여러 가지 다른 감정들이 혼재되어 있을 가능성이 높습니다. 감정을 잘 분별하는 사람은 그렇지 않은 사람에 비해 스트레스에 덜 취약하고 감정을 잘 조율할 수 있습니다. 스트레스에 압도되지 않고 나를 지키는 성찰과 분별 두 가지 거울을 활용해서 감정일기를 써보세요.

1. 정신과 신체 건강에 해로운 활동을 했나요? 무엇을 절제 했나요?

2. 자신과 타인을 위해 무엇을 했나요?

3. 예상하지 못한 감정을 경험했나요? 어떤 감정과 경험이었나요?

분별 거울

1. 그 감정이 느껴진 이유는 무엇인가요? 그 감정에 어떤 이름을 붙일 수 있을까요?

2. 그 감정이 내게 말하고 있는 것은 무엇인가요?

3. 그 감정의 이면에는 나에게 어떤 바람이나 욕구가 있을까요? 그 상황에서 내가 놓친 것은 무엇이 있을까요?

6장

감수성
내 안의 어린이와
화해하기

감정의
한계

어린 시절을 지나 어른이 된 지금, 문득 떠올려 보면 그리워지는 만화영화 속 주인공들이 있습니다. 어린 시절에는 단순히 귀엽고 재밌어서 좋아했던 캐릭터들이 지금은 그들의 대사와 행동 하나에도 깊이 공감되고 때로는 대견하고 애잔하기까지 합니다. 26년 만에 영화로 돌아온 '더 퍼스트 슬램덩크(2023)'가 큰 인기를 모은 것도 삶이 고달프고 지칠 때면 그 시절의 동심으로 돌아가 순수한 마음을 느끼고 싶어 하는 어른들의 마음을 자극했기 때문이 아닐까요. 우리에겐 마냥 기분 좋게 울고 웃으며 감정을 있는 그대로 느끼고 표현할 수 있었던 순간들의 소중함이 필요합니다. 어린 시절에 대한 향수는 자유로부터 옵니다. 자유로운 상상력이 주는 에너지에는 한계가 없습니다. 아이들을 만나 보면 인간이 상상하고 표현할 수 있는 한계는 어디까지일까 궁금해집니다.

　　초등학교 3학년 태하와 진주는 아이들 사이에서 공식적인 커플이었습니다. 코로나19로 마스크를 의무적으로 쓰고 다녀야 했던 시기에 학교에서는 친구들과 밥도 같이 먹지 못하고 방과 후 집에 갈 때도 따로 가라고 하는 '사회적 거리두기'를 철저하게 시행했습니다. 그런 삼엄한 분위기 속에서도 태하와 진주는 떨어져서 걷더라도 집에 같이 가면서 마음만은 거리두기를 하지 않았습니다. 그러나 코로나 확산세가 줄어들고 학교 규정이 풀어졌을 때 둘은 헤어졌다고 합니다. 이미 친구들 사이에서는 빠르게 소문이 돌았고, 감정일기 수업 시간에 다른 아이가 먼저 얘기를 시작했습니다.

　　"선생님, 태하랑 진주랑 헤어졌대요."
　　"정말? 이제 같이 밥도 먹을 수 있고 같이 놀 수도 있게 됐는데?"

　　태하가 원하지 않으면 얘기를 더 이어가지 않으려고 했는데 태하도 하고 싶은 얘기가 많았는지 스스럼없이 말했습니다.

"헤어진 게 아니라 그만 좋아하자고 했어요."

"헤어지는 거랑 그만 좋아하는 게 다른 점이 있어?"

"헤어지는 건 다시는 못 보는 거 아니에요? 그건 안 되니까 좋아하는 걸 그만하자는 거죠."

"그만 좋아하자고 하면 그게 바로 마음대로 될까?"

"아니요. 바로 말한 게 아니라 많이 생각하고 말한 거예요. 그런데 엄마는 저보고 나쁜 남자래요. 그렇게 말하면 진주가 얼마나 속상하겠냐고요."

"진주도 속상하고 태하도 속상하겠지. 그렇게 말하기까지 고민 많이 했을 텐데."

"맞아요. 진주도 알았다고 했는데 실망한 것 같았어요."

태하가 진주에게 '그만 좋아하자'라고 한 이유가 있었습니다. 마스크를 벗고 처음으로 학교에서 친구들과 급식을 같이 먹게 되었는데 다른 남학생이 진주에게 소시지를 나눠주었습니다. 맛있는 반찬을 절대 뺏기기 싫어하는 아이들이 그걸 선뜻 내어준다는 건 보통 마음이 아니라는 것입니다.

여러 감정이 뒤섞인 태하는 진주에게 '그만 좋아하자'라고 말했습니다.

　　아이들의 연애에 대한 개념은 어른들의 생각과는 달리 친밀함을 쌓는 수준인 경우가 많습니다. 아이들은 사귄다는 말 자체를 '나랑 제일 친한 친구가 있다'라고 생각하는 경향이 강합니다. 성별만 다를 뿐 나와 가장 친하고 밀접한 관계를 유지하는 친구가 아이들이 이성 친구를 대하는 개념입니다. 예를 들어 급식에서 나온 맛있는 반찬을 나눠 먹거나 친구를 위해서 작은 것을 양보해 주는 것입니다. 아이들의 이성 친구 문제는 어른들의 관점이 아닌 아이들의 관점으로 바라볼 필요가 있습니다. 아이들의 연애 기간은 길게는 3개월, 짧게는 1개월에 불과합니다. 짧은 시간인 만큼 걱정보다는 애정으로 바라보며 많은 대화를 나누는 것이 중요합니다. 아이들은 이성 친구를 친한 친구의 개념으로 생각하기 때문에 질투가 난다거나, 헤어지게 되었을 때 느끼는 친구를 잃은 상실감에 대해 잘 설명해 주고 감정을 이해시키는 과정이 꼭 필요합니다.

6월 12일 월요일   오늘의 감정날씨 : 복잡하다

오늘 진주에게 우리 이제 그만 좋아하자고 말했다. 세찬이가 급식에서 나온 소시지를 진주에게 주었을 때 진주가 좋아하는 모습을 보니까 너무 미안했다. 내가 먼저 나눠줬어야 했는데 놓쳤다. 나는 진주가 마스크를 벗고 밥 먹는 모습을 처음 봐서 그 모습을 보느라 소시지 주는 걸 놓쳐버렸다. 나는 왜 세찬이처럼 진주에게 소시지를 빨리 주지 못했을까? 내가 너무 바보 같다. 다음에 소시지보다 더 맛있는 반찬이 나오면 진주에게 나눠주고 다시 좋아하자고 말하고 싶다. 맛있는 반찬이 빨리 나왔으면 좋겠다. 시간이 너무 오래 흐르면 진주가 날 미워하게 될 것 같다.

태하의 감정일기를 보니 여러 가지 감정으로 복잡하다는 것을 알 수 있었습니다. 각자 느끼는 감정이 다양한데 헤어진 감정을 하나로 표현하려는 것은 언어를 통한 감정의 표현이 얼마나 한계를 가지고 있는지를 보여줍니다. 자신의 감정과 생각으로 자신의 이야기를 하며 살아가려면 자신의 말을 잃지 말아야 합니다. 저는 아직까지 코로나19에 걸려본 적이 없습니다. 코로나가 확산될 때에도 여러 지역에 ktx

를 타고 다니며 강의를 하고, 부모님이 코로나 확진 판정을
받았음에도 계속 '음성'이었습니다. 이런 얘기를 나누면 어
른들은 비슷한 말을 합니다.

"건강 관리 잘하시나 봐요."
"걸렸는데 모르고 지나간 거 아니에요?"
"평소에 뭐 좋은 거 챙겨 드세요?"
"면역력이 강하시나 봐요."
그러나 아이들의 말은 한 명, 한 명이 새롭습니다.
"선생님, 가상 인간이에요?"
"머리가 그렇게 길면 코로나가 안 와요?"
"감정을 잘 알아서 안 아픈 거예요?"
"선생님 집에 우주 장치 있어요?"

아이들의 반응은 일반적인 생각에서 많이 벗어납니
다. 예술이 아름다운 이유가 정답이 없기 때문이라면 아이
들은 예술 그 자체입니다. 어른들은 그러지 말아야지 하면
서도 오랜 시간 축적되어 온 습관 때문에 자꾸만 아이들에게
정답을 요구하게 되고 한계를 정하려고 합니다. 하지만 아
이들의 상상력과 감정에는 한계가 없습니다. 브로드웨이의

가장 거대한 블록버스터 뮤지컬로 꼽히는 〈위키드〉에서 "뭔가 저를 지배하는 것 같아요. 그럴 때면 나쁜 일이 생기죠."라며 고민을 건네는 엘파바에게 학장 모리블은 "감정을 다스릴 줄 알게 되면 너에게 한계는 없어."라고 조언합니다. 우리도 한계가 없던 시절이 있었습니다. 이제는 자신이 정한 한계에 갇혀 있는 것은 아닌지, 그리고 그것을 아이들에게 강요하고 있는 것은 아닌지 돌아보면 좋겠습니다.

감정일기 쓰기	t i p							

🖊 가장 자유로웠던 어린 시절 나의 모습 떠올리기
🖊 어린 시절 좋아했던 만화 속 캐릭터에게 느껴지는 감정 쓰기

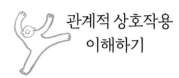

관계적 상호작용
이해하기

　현대사회에서는 다양한 상황에서의 상호작용이 중요합니다. 사람과 사람 간의 상호작용은 물론이고 인간과 기계, 인간과 동물, 개인 간 또는 개인과 집단 간의 관계와 상호작용이 중요한 부분을 차지하고 있습니다. 상호작용은 생물체의 부분들, 물질, 개체끼리 주고받는 작용들을 통틀어 일컫는 말입니다. 이러한 상호작용은 상황에 따라 달라지고 감정과 행동, 인간관계에 영향을 미칩니다. 일상생활에서의 관계적 상호작용은 세 가지로 분류할 수 있습니다.

　첫째, 가정에서의 관계적 상호작용입니다. 가족 구성원 간의 상호작용은 감정적인 요인이 많이 개입되면서 감정적인 결속을 강화하지만 갈등이 발생하기도 합니다. 그래서 상호 간의 이해와 의사소통, 감정적인 연결이 중요합니다. 특히 부모와 자녀의 관계는 가족의 핵심이며, 이 상호작용은 아이의 성장과 발달에 큰 영향을 미칩니다. 부모는 자녀에게 안정감과 사랑을 제공함과 동시에 자녀의 성장을 지원해야 합니다. 부모의 관심과 지원이 있는 가정에서 자라는 자녀들은 더 긍정적인 자아 개념을 형성하고, 사회적, 정서적, 인지적 발달을 촉진합니다. 부모와 자녀는 서로에게 영향을 미칩니다. 부모는 자녀에게 영감과 동기를 주며, 자녀는 부모로부터 지지와 격려를 받습니다. 이러한 상호작용은 아이들의 자신감을 키워 주고 자신의 감정을 표현하고 공감하는 법을 배우는데 도움을 줍니다.

둘째, 사회에서의 관계적 상호작용입니다. 인간은 사회적 동물로 타인과 다양한 사회적 관계를 맺으면서 살아갑니다. 사회적 관계는 이웃, 친구, 사회의 다른 구성원과의 상호작용을 의미하며 상호 간의 취향이나 가치관을 기반으로 발전합니다. 여기에서도 갈등이 발생할 수 있습니다. 갈등은 상호작용에서 필수적인 부분이며, 개인과 집단의 목표와 가치관이 달라질 때 발생합니다. 갈등이 해결되지 않으면 상호작용을 방해하고 관계에 긴장을 초래할 수 있습니다. 갈등에는 개인적 갈등, 집단 갈등, 조직적 갈등 등 다양한 유형이 있습니다.

셋째, 감정적 상황에서의 관계적 상호작용입니다. 가족이 아닌 사람과 감정적으로 친밀한 관계의 상호작용을 의미하며 열린 대화를 통해 발전할 수 있습니다. 상호작용은 인간관계의 핵심이며, 친밀감을 형성하는 것은 다른 사람들과 의미 있는 관계를 형성하는 데 필수적입니다. 새로운 사람을 만나거나 기존의 관계를 강화할 때 친밀감을 갖는 것은 상호작용을 더욱 즐겁고 생산적으로 만들 수 있습니다. 이 또한 상대방의 감정을 이해하고 공감하는 능력이 중요합니다.

사람이 태어나서 처음 시작하는 공동체도 가정이고 모든 관계의 시작도 가정입니다. 그래서 가정에서의 관계적 상호작용이 잘 이루어지면 사회에서의 관계적 상호작용과 감정적 상황에서의 관계적 상호작용을 하는데 도움이 됩니다.

감정일기 수업에서 되도록 숙제를 내주지 않으려고 합니다. 아이들에게 일기 쓰기가 '자꾸만 밀리는 귀찮은 숙제'가 되면 의미가 없기 때문입니다. 자유롭게 흥미를 가지고 조금씩 스며들기를 바랍니다. 그런데 수업이 진행되는 동안 딱 한 번의 숙제가 있습니다. 바로 '나와 가족의 감정일기'입니다. 가족 구성원은 엄마, 아빠, 할머니, 할아버지, 형제, 자매 등 누구든 상관없습니다. 각자 감정일기를 써서 가져오는데 여기에는 아주 중요한 규칙이 하나 있습니다. '다른 가족의 감정일기를 보지 말고 가져올 것'입니다. 감정일기 수업에서 수강생들이 가장 많이 하는 고민은 '누군가 내 일기장을 볼까 봐 일기를 쓰지 못 하겠다'는 것입니다. 그럴 땐 일기를 쓰고 찢어버려야 하는지 어떻게 해야 할지 모르겠다고 합니다. 같이 생각해볼까요. 타인은 생각보다 나에게 관심이 없습니다. 우연히 내 일기장을 보게 됐다면 어쩔 수 없지만 일기를 쓰지도 않았는데 누가 볼까 봐 쓰지 못 하겠다고 하는 건 살이 너무 빠질까 봐 다이어트를 못 하겠다는 말과 같습니다. 내가 일기를 쓴다고 동네방네 소문을 내고 다녔다면 주변 사람 누군가는 호기심이 생기고 훔쳐보고 싶을 수도 있습니다. 그냥 조용히 시작하고 묵묵히 쓰면 내 일기에 큰 관심을 갖지 않습니다. 일부러 남의 일기만 찾아 다니며 훔쳐보는 사람은 없습니다. 굳이 타인의 마음을 몰래 엿보는 성숙하지 못한 태도를 가진 사람이 반성해야 합니다. 아이들은 숙제로 내준 자신의 감정일기와 가족 구성원 중 누군가의 감정일기를 받아서 보지 않고 가져옵니다. 간혹 참지 못하고 보고 오는 아이들도 있지만 대부분 생각보다 약속을 잘 지킵니다.

"선생님, 이거 빨리 보고 싶은데 지금 보면 안 돼요?"

"음…지금은 안 되고 2교시에 볼 거야. 왜 그렇게 빨리 보고 싶어?"

"궁금해요. 어젯밤부터 보고 싶었는데 보지 말고 가져와야 한다고 해서 참았어요."

"우리 수업 시간에 다른 사람 일기는 어떻게 해야 한다고 했지?"

"그 사람의 감정이 담긴 거니까 허락 없이 보지 말고 존중해줘야 한다고 했어요."

(수업 시간마다 얘기해서 외운 것처럼 바로바로 대답합니다.)

"그래. 맞아. 그런데 오늘은 가족들에게 동의를 구해오라고 했는데, 모두 가족의 감정일기를 읽어도 된다고 허락받았어?"

"네! 네!"

모두 자신과 가족의 감정일기를 읽는 시간이 되었습니다. 여기저기서 까르륵 웃는 소리가 들리기도 했고, '우리 엄마 글씨 진짜 잘 쓴다' '어제 동생이랑 싸웠는데 동생이 사과했다'라는 말도 들렸습니다. 그중에서 아빠에 대한 감정과 걱정이 이심전심以心傳心으로 통했던 초등학교 4학년 혜인이와 혜인이 어머니의 감정일기를 소개합니다.

초등학교 4학년 혜인이의 감정일기

1월 16일 화요일   오늘의 감정날씨 : 걱정

아빠는 도대체 왜 그러는지 모르겠다. 어제는 괜히 화를 내면서 휴지를 던지고 엄마한테 혼났다. 그리고 에이씨~ 이러면서 나갔다. 엄마는 밖에 추운데 그러고 나가면 어떻게 하냐고 했다. 아빠는 그냥 문을 쾅 닫고 나가버렸다. 그런데 오늘 아침에는 혜인아~ 안녕~ 이러면서 갑자기 기분이 좋아 보였다. 나는 황당했다. 아무래도 아빠가 사춘기를 겪고 있는 것 같다. 엄마는 이제 갱년기가 온다고 각오하라고 했는데 갱년기가 먼지는 몰라도 단어가 별로 느낌이 좋지 않다. 왠지 사춘기보다 더 강력할 것 같다. 아빠는 사춘기고 엄마는 갱년기면 내가 매일 엄마 아빠 화해를 시켜줘야 하는 걸까? 이제 애들처럼 싸우는 것 좀 그만했으면 좋겠다.

혜인이 어머니의 감정일기

1월 16일 화요일   오늘의 감정날씨 : 걱정, 답답함

요즘 혜인이 아빠가 낯설다. 툭하면 신경질에 안 하던 행동까지 하고 무슨 말만 하면 집에서 나가 버린다. 애들 앞에서 그러지 말라

고 수십 번 얘기했는데 자기도 감정조절이 안 되는 것 같다. 중년의 사춘기를 겪고 있는 걸까? 8살 연상 오빠랑 결혼하면 든든하게 의지하면서 살 줄 알았더니 8살짜리 애를 키우는 것보다 힘들다. 남편이고 자식이고 내 마음대로 되는 건 하나도 없다. 기대하면 안 되는 걸 알면서도 사람 욕심이 끝이 없다. 희진이 엄마가 갱년기가 왔다고 하는 얘길 들으니 나도 미리 대비를 해야 하는 건가 싶다. 나까지 갱년기가 오면 우리 집은 전쟁터가 되는 게 아닐까 걱정된다. 어떻게 관리를 해야 할까? 혜인이 보기 부끄러울 때가 한두 번이 아니다. 어른답고 훌륭한 부모가 되고 싶었는데 너무 어렵다.

가정에서의 관계적 상호작용은 부모와 자녀가 서로에게 영향을 끼친다고 했습니다. 아이들은 안 보는 것 같고 안 듣는 것 같지만 보고, 듣고, 느끼고, 표현합니다. 서로의 감정일기를 통해 감정적 연결이 중요한 가정에서 부모와 아이들이 서로에게 어떤 영향을 주고받는지, 가족끼리 상호작용은 잘 되고 있는지 알아보았습니다. 이렇게 관계적 상호작용을 위해서는 감수성을 향상시키고 상대와 깊은 상호연결을 훈련해야 합니다. 여기서 기억해야 할 것은 자신의 감정을 느끼고 표현하는 '진솔성'과 타인의 감정을 '호의'로 바라보고 공감하는 것입니다. 호의(친절한 마음)와 자비(타인을 깊이 사랑하고 가엾게 여겨서 베푸는 마음)와 상호연결은 자기 자신, 그리고 타인과의 긍정적인 관계를 맺는데 중요한 요소입니다. 우리는 자신도 모르는 사이에 타인의 감정을 예측하고 판단합니다. 또 부정적인 감정을 표출하면서 상대방에게 감정노동을 강요하고 있지는 않은지 생각해 볼 필요가 있습니다.

🖊 가정, 사회, 감정적 상황에서 나의 관계적 상호작용 돌아보기
🖊 가족 구성원의 감정을 '호의'로 바라보며 감정일기 쓰기

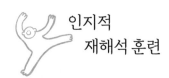
인지적
재해석 훈련

언제부턴가 '메타인지meta-cognition'라는 말이 심심찮게 들립니다. 특히 '메타인지 학습법'은 학부모들 사이에서 떠오르는 키워드라고 합니다. 그동안 메타인지를 공부 효율을 높이는 학습법으로만 생각했다면 이제는 좀 더 넓게 바라볼 필요가 있습니다. 컬럼비아대학교 버나드대학 심리학과 교수 리사 손은 메타인지에 대해 "자기가 자신을 아는 것, 그리고 이를 위해 자신의 생각을 들여다보는 것이다. 메타인지를 가장 쉽게 설명할 수 있는 말은 '자기거울areflecion of the self'이다. 자신의 기억, 느낌, 지각하는 모든 것을 완벽하게 판단할 수 있는 능력이 바로 메타인지"라고 말했습니다. 심리학에서는 '자기 인식'을 메타인지라고 합니다. 자신의 현재 상태를 정확히 파악해 인식하는 능력인 '자기 인식'은 인간의 대표적인 특징입니다. 내가 틀릴 수 있음을 받아들이고, 언제든 마음과 행동을 바꿀 준비를 하는 것이 메타인지의 핵심입니다. 그리고 자신을 아는 것은 아리스토텔레스, 칸트, 니체, 사르트르 등 수많은 철학자의 단골 주제이기도 했습니다.

우리 뇌가 각각 다르듯 메타인지 능력에도 차이가 있습니다. 똑똑하고 아는 것이 많다고 메타인지가 좋은 것은 아닙니다. 메타인지가 뛰어난 사람들은 자신의 판단이 옳았을 때 강한 자신감을 보이고, 틀렸을 때 약한 자신감을 보이는 경향을 드러냅니다. 메타인지가 안 좋은 사람들은 실제로는 자신이 틀렸는데도 때때로 강한 자신감을 보이거나 자신이 옳은데도 약한 자신감을 보입니다. 내가 잘못을 했을 때 그것을 잘 알고 우기지 않는다면 '메타인지 감수성'이 높다고 할 수 있습니다. 메타인지는 타고나는 부분이 있지만 그렇다고 평생 고정되어 있지는 않습니다. 메타인지와 자기 인식, 마음 읽기는 글을 읽고 쓰는 것과 같이 사회 공동체에서 발달하는 인지적 도구입니다. 그래서 훈련과 경험을 통해 메타인지 감수성은 좋아질 수 있습니다.

학습뿐 아니라 인간의 심리와 관련이 깊은 메타인지

는 효과적인 감정조절을 위한 다양한 방법을 제공합니다. 이러한 방법 중 하나가 인지적 재해석입니다. 인지적 재해석이란 감정을 느끼는 순간에 그 상황을 다른 관점에서 재해석함으로써 감정적 사건에 대한 감정 반응을 조절하는 방법입니다. 우리는 힘든 시기를 대처하는데 필요한 자신만의 감정조절 기술을 어느 정도 가지고 있지만 조금 더 명확하게 인지하고 개선한다면 삶의 질을 향상시키는데 도움이 됩니다. 인지적 재해석은 '긍정적으로 재해석'하기와 '심리적 거리 두기' 두 가지 유형이 있습니다.

첫째, 긍정적으로 재해석하기는 메타인지를 통해 스트레스를 유발하는 부정적인 생각이나 비합리적인 신념을 식별하고 긍정적인 방식으로 생각을 재구성하여 감정 경험에 영향을 줄 수 있습니다. 즉 스트레스를 일으키는 사건에 대해 긍정적 해석을 부여해서 사건의 성질을 바꾸는 것입니다. 긍정적으로 재해석하기의 구체적인 내용은 각자 다를 것입니다. 예를 들면, 바쁜 일정으로 건강을 돌보지 못했던 사람이 건강 검진 결과를 보고 이번 기회에 건강도 챙기고 다이어트를 하겠다고 생각할 수도 있습니다. 또, 회사를 퇴사한 직장인은 이번 기회에 가족들과 보내는 시간이 늘어나면서 그동안 자신이 얼마나 가족들에 대해 무지했는지를 깨달을 수도 있을 것입니다.

초등학교 5학년 해나의 감정일기

4월 17일 월요일   오늘의 감정날씨 : 무서움, 두려움

동생이랑 놀다가 동생 머리에 이빨을 부딪혀서 앞니가 깨졌다. 이빨은 작지만 만지니까 너무 무서웠다. 엄마한테 연락해서 치과로 갔다. 치과에서 치료를 받는데 눈물이 하염없이 흘렀다. 의사 선생님이 오늘은 임시로 치료를 하고 치과에 몇 번 더 나와야 한다고 했다. 나는 싫다고 더 울었다. 치료를 마치고 엄마랑 마트에 갔다가 집에 왔다. 엄마한테 치과에 또 가는 게 너무 무섭다고 했다. 그런데 너는 치과가 아파서 무섭지만 엄마는 비싸서 무섭다고 했다. 이빨은 조그만데 왜 이렇게 비쌀까? 치과 치료를 잘 받고 이빨이 튼튼해지면 아빠가 패밀리 레스토랑에 데려가 준다고 했다. 목요일에 또 치과를 가야하는데 무섭기도 하지만 치료를 잘 받아야 맛있는 것도 먹을 수 있으니까 씩씩하게 치료를 받아야겠다.

해나는 치과 치료를 받는 일이 두려운 일이었지만 조금 관점을 바꿔서 '씩씩하게 치료를 잘 받으면 맛있는 것을 먹을 수 있겠다'라고 긍정적 해석을 부여했습니다. 물론 모든 일을 긍정적으로 재해석하기는 쉽지 않습니다. 진정한

긍정적 사고는 상황이 얼마나 어렵고 두렵고 화가 나는지 인정하고, 그 순간 상황을 개선하기 위해 무엇을 할 수 있는지 살펴보는 것입니다. 그리고 이 모든 것은 우리의 마음에서 시작됩니다.

둘째, 심리적 거리 두기는 지금 당장의 상황과 감정에 치우치지 않고, 객관적이고 차분한 관점에서 상황을 바라보는 것을 의미합니다. 어떤 감정에 빠져있을 때 자신의 감정에 의문을 갖고 '나' 대신 '너는' 혹은 3인칭으로 자신을 지칭하면서 제3자 입장에서 자신을 바라보면 스트레스가 줄어들고 자기통제력이 향상됩니다.

초등학교 4학년 하정이의 감정일기

8월 30일 화요일   오늘의 감정날씨 : 귀찮음, 짜증

학원 숙제가 너무 많아서 짜증 난다. 숙제를 하다 보면 친구들이랑 놀 시간이 없다. 오늘도 은영이가 놀자고 했는데 숙제가 많아서 못 나간다고 했다. 나는 왜 맨날 숙제만 해야 하는지 모르겠다. 엄마한테 학원 좀 줄여달라고 말했는데 엄마는 내가 부족한 부분은 배워야 한다고 했다. 나는 아직 수학이 부족해서 더 배워야 하는 건 맞다. 조금 힘들지만 열심히 배워야겠다. 문하정 파이팅! 넌 할 수 있어!

하정이는 숙제로 인해 스트레스를 받았지만 자신이 부족한 부분은 더 배워야 한다는 사실을 인정했습니다. 그리고 자신에게 응원의 말을 보냈습니다. 우리는 '거리 두기'라고 하면 멀어져야만 할 것 같은 느낌이 듭니다. 그러나 심리적 거리 두기의 진정한 의미는 자신의 생각과 선택을 존중한다는 의미입니다. 그래서 자신을 3인칭으로 지칭하며 응원의 말을 보냅니다.

긍정적으로 재해석하기와 심리적 거리 두기의 효과를 알아본 실험이 있습니다. 혐오 사진에 대한 부정적 조절 반응을 관찰한 실험입니다. A그룹은 긍정적으로 재해석하기, B그룹은 심리적 거리 두기를 훈련하고 C그룹은 아무런 훈련을 하지 않고 혐오 사진을 보았습니다. 실험 결과는 긍정적으로 재해석 하기와 심리적 거리 두기 훈련을 받은 두 그룹 모두 시간이 지남에 따라 부정적 영향이 감소했습니다. 또 유니버시티 칼리지 런던대의 연구진이 온라인으로 모집한 995명의 참가자에게 일본어 히라가나 문자를 짝짓는 작업 과제를 수행하도록 했습니다. 그 결과 심리적 거리 두기 전략을 사용한 그룹은 학습 과제에서 더 나은 성과를 보였습니다. 결론적으로 '긍정적으로 재해석하기'와 '심리적 거리 두기'를 하게 되면 부정적 영향은 줄어들고 상황을 더욱 낙관적으로 볼 수 있으며 긍정적인 학습 효과를 얻을 수 있습니다.

인지적 재해석은 체념과는 구별되는 적극적인 대처입니다. 그래서 엄청난 에너지를 필요로 합니다. 그러나 감정적인 문제해결과 자신의 기억, 느낌, 지각하는 모든 것을 판단하기 위해서는 각자 처한 상황에 대한 해석과 관점을 달리하는 것이 우리가 할 수 있는 최선의 방법입니다.

감 정 일 기 쓰 기 t i p

✎ 그 당시에는 몰랐지만 돌이켜 보면 내 잘못이었다고 생각되는 일 떠올리기

✎ 그때는 왜 잘못을 인식하지 못했는지 생각해 보고 지금 느껴지는 감정에 대해 쓰기

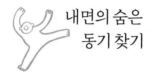 내면의 숨은
동기 찾기

．

미디어를 통해 접하는 다양한 소식들은 우리를 즐겁게 하기도 하지만 흉흉한 소식으로 우리 사회를 공포로 몰아넣기도 합니다. 아무 이유 없이 발생한다는 일명 '묻지마 범죄'는 흉악 범죄를 일컫는 말로 불리지만 사실은 잘못된 표현입니다. 알맞은 표현은 '이상동기 범죄'입니다. 도무지 납득과 이해가 불가능한 동기로 일어나는 범죄를 의미합니다. 물론 불특정 상대를 향한 무차별적 범행이라고 해서 모두 이상동기 범죄로 분류해서는 안 된다는 전문가들의 의견이 있지만 숨겨진 범행 동기를 파악하여 세부적으로 분류해야 대책도 마련할 수 있습니다.

범죄 행동뿐 아니라 사람이 하는 모든 행동에는 동기

가 있습니다. 동기動機란 어떤 일이나 행동을 일으키게 하는 계기, 행동의 원인과 이유입니다. 표면에 보이는 '행동'과 눈에 보이지 않는 '감정'은 관계가 없어 보이지만 유심히 들여다보면 감정이 개입되지 않은 행동은 거의 없습니다. 그래서 사람의 행동에 관심을 가지고 관찰하면 반드시 그런 행동을 하는 이유와 원인을 제공하는 감정이 존재한다는 것을 알 수 있습니다. 그러나 우리의 행동은 사회집단 생활에 최적화되어 있어서 진정한 동기를 의식적으로 인식하지 못하는 경우가 많습니다. 또한 동기가 있다고 해서 무조건 행동하는 것은 아닙니다. 동기를 충족시켜 주는 목표가 없으면 행동으로 옮기지 않습니다. 사람이 행동을 일으키기 위해서는 동기가 있어야 하며 거기에 목표가 있을 때 실현됩니다.

추리소설의 여왕 애거사 크리스티의 『Towards Zero (0시를 향하여)』는 어떤 범죄도 '제로 순간' 이전에 태어났다는 것을 전제로 합니다. 범죄를 생각할 때 우리는 범죄 행위와 수사를 생각하지만 범죄는 실제로 행동에 나서기 훨씬 전에 범죄자의 마음속에서 처음 태어난다는 것입니다. 소설 속 등장인물은 모두 숨은 동기를 가지고 있어 살인의 진정한 동기를 모호하게 만듭니다. 애거사 크리스티의 작품들은 등장인물들의 심리적인 동기나 정서 상태, 감정적 반응에 무게를 두는 편인데, 그마저도 소설의 시작부터 범인과 범죄의 동기를 문장 속에 숨겨 놓아 예측하기 쉽지 않습니다. 동기에는 타인의 시선을 만족시키기 위한 동기, 자아를 만족시키는 동기, 쉽게 알 수 있는 동기, 꽁꽁 숨어 잘 드러나지 않는 동기 등 다양합니다.

우리의 일상생활에서도 숨은 동기를 찾아봐야 하는 순간이 있습니다. 항상 자진해서 상황이 어려운 사람들을 돕는 사람들이 있습니다. 그들의 원동력은 무엇일까요. 다른 사람을 위해 자신을 희생하는 사람들의 이타적인 행동은 진짜 목적과 의도를 위장하는 수단이 될 수도 있지만 정확한 의도를 알 수 있는 방법은 많지 않습니다. 도움을 주는 마음에는 타인을 위한 마음과 자신을 위한 마음이 있습니다. 타인을 위한 마음은 상대의 온전한 안녕을 바라는 마음입니다. 상대를 그 자체로 존중하고 발전할 수 있게 도움을 주려고 나의 자원을 전달하는 마음입니다. 하지만 자신을 위한 마음은 타인에게 나의 자원을 나눠주고 우쭐해지는 우월감입니다. 마치 '나는 당신을 도와주는 위치에 있어'라고 생각하며 누군가에게 도움을 주는 존재감을 느끼고 싶은 것입니다. 그리고 자신의 마음이 편하려고 도와주는 심리에는 이기심 혹은 낮은 자존감이 숨어 있을 수 있습니다. 이것이 내면의 숨은 동기입니다.

초등학교 5학년 나율이의 감정일기

11월 12일 금요일   오늘의 감정날씨 : 불안함

오늘은 학교 끝나고 혜정이랑 편의점에 가서 삼각김밥을 사 먹었다. 혜정이는 삼각김밥과 딸기우유를 먹고 싶어 했다. 내가 사줄 테니 먹으라고 했다. 삼각김밥을 먹고 미술학원에 갔다가 끝나고 지선이를 만나서 영어학원에 같이 갔다. 가는 길에 지선이가 컵떡볶이가 먹고 싶다고 했다. 내가 사주겠다고 하고 분식집에 갔다. 나는 아까 삼각김밥이랑 우유를 먹어서 배고프지 않았는데 오늘따라 아줌마가 컵떡볶이를 많이 담아주셨다. 떡볶이까지 먹으니까 너무 배가 불렀다. 혜정이랑 지선이는 나의 유일한 친구들이다. 그래서 친구들이 좋아하도록 맛있는 것을 사줬다. 너무 배가 불렀지만 내가 떡볶이를 안 먹는다고 하면 지선이가 싫어할까봐 억지로 먹었더니 소화가 안 됐다. 맛있는 것도 사주고 친구들이랑 같이 먹어야 나와 계속 친구를 해줄 것 같다.

친구들이 좋아하도록 무언가를 계속 사주고 맞춰주는 나율이의 숨은 동기는 무엇일까요. 진짜 내 마음을 표현하면 나와 친구가 되어주지 않을 거라는 불안감입니다. 타인

에게 잘 맞춰주는 사람들이 있습니다. 가장 흔한 이유는 사랑받고 싶기 때문입니다. 사람들은 자신에게 잘 맞춰주는 사람에게 더 많은 호감을 느낍니다. 내 이야기를 잘 들어주고 내 선택을 존중하고 따르는 사람에게 호감도가 올라갑니다. 남들에게 맞춰주는 이유가 사랑받고 싶은 거라면 다행히 이건 일시적으로라도 이뤄질 수 있습니다.

그럼 만약 타인에게 맞춰주지 않으면 어떻게 된다고 생각할까요. '나를 떠날 것'이라고 생각합니다. 상대방을 배려하고 맞춰주기 때문에 사람들이 나와 관계를 유지해 준다고 믿기 때문입니다. 여기에는 자신만 노력하고 애쓰니까 관계가 유지되는 것이라는 생각이 숨어 있습니다. 관계를 재정립할 때는 타인이 아닌 '나'로 시작해야 합니다. 늘 반복되는 패턴을 버리고 작은 것부터 새로운 시도를 해보려는 자세가 필요합니다.

초등학교 5학년 민희의 감정일기

11월 12일 금요일   오늘의 감정날씨 : 짜증

정화네 엄마가 우리 집에 놀러 왔다. 나는 정화랑 친하지도 않고

정화 엄마도 싫다. 왜냐하면 맨날 우리 집에 와서 자랑만 하기 때문

이다. 정화가 영어 시험에서 1등을 한 것도 안 궁금하고 피아노 콩쿨을 나가는 것도 안 궁금하다. 그런데 왜 그걸 우리 집에 와서 자랑하는 지 모르겠다. 그리고 내 점수는 왜 물어보는지....정말 기분 나쁘다. 해 외여행을 가든 말든 그게 우리하고 무슨 상관이지? 이해할 수가 없다. 우리 집에서 빨리 나갔으면 좋겠다. 시끄럽다.

민희처럼 누군가의 자랑 때문에 불편했던 경험이 있나요? 이 같은 행동의 이면을 살펴보면 자신의 존재감을 과시하면서 우월감을 느끼려는 심리적 욕구와 무관하지 않습니다. 우리는 누구나 돋보이고 싶은 욕구가 있기에 자기 자랑을 풀어놓기도 하고 슬쩍 허세를 부리기도 합니다. 내 모습이 별로라고 여기는 사람일수록 이를 감추고 괜찮아 보이는 모습을 보여주려 애씁니다. 아무도 궁금해하지 않는 이야기까지 늘어놓으며 불필요할 정도로 자기과시를 하는 사람들은 자존감이 낮은 경우가 많습니다. 상반되는 두 가지는 결국 같은 지점에서 만납니다. 과한 자랑은 자신의 낮은 자존감을 보상하기 위한 것입니다. 간혹 열등감이 주는 마음속 불편함을 해결하기 위해 사람들은 우월감을 추구합니다. 우월감을 느끼려고 하는 한 열등감에서 자유로울 수 없습니다. 사실 우월감은 열등감과 공존하는 감정입니다. 그리고 이 두 가지 감정들의 공통점은 '비교'입니다.

열등감 자체는 전혀 나쁜 게 아닙니다. 우월성을 추구하는 것 역시 보편적인 욕구일 뿐 문제될 것은 없습니다. 하지만 열등감을 인정하지 못하고 잘 다루지 못한 채 우월감만 좇다가는 오히려 열등감 덩어리가 될 수 있음을 기억해야합니다. 억지스럽고 과시적인 말과 행동은 오히려 부적절한 결과를 가져올 뿐입니다. 시간이 걸리고 힘들더라도 자신의 부족함을 인식하고 받아들이는 자세가 우선입니다. 열등감의 극복은 그 자체를 인지하고 수용하는 것, 이를 극복하려고 용기를 내어보는 것에서부터 시작됩니다.

감 정 일 기 쓰 기 t i p

- 🖊 최근 누군가를 위해 했던 일이 있으면 최소 한 가지 이상 생각해 보기
- 🖊 그 일에 대한 숨은 동기 쓰기

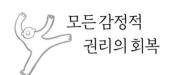

모든 감정적
권리의 회복

한 남성이 있습니다. 부모의 강력한 반대의 뜻을 거스르고 다른 국적과 종교를 가진 여자와 결혼을 했습니다. 그는 결혼식 날 부모로부터 수천만 원의 비용을 청구하는 항목별 청구서를 받았습니다. 그것은 그동안 아들을 키우면서 들어갔던 '육아비용'이었습니다.

한 여성이 있습니다. 이혼 후 홀로서기를 시작하며 전공을 살려 영어학원을 시작했습니다. 학원은 빠르게 자리를 잡았고 생활도 안정적이었습니다. 하지만 믿었던 학원 선생님이 사업자금을 모두 빼돌려서 영어학원을 접을 수밖에 없었습니다.

위 두 사람은 어떤 감정을 느끼고 있을까요. 부모의 뜻

을 거스르고 결혼을 감행했지만 내심 부모님을 기다렸던 남
성은 부모님 대신 육아비용 청구서가 온 것을 보고 배신감을
느꼈고, 부모 역시 자신들의 뜻을 거스르고 결혼하는 자식
에게 배신감을 느꼈습니다. 또 학원 선생님을 믿고 영어학
원을 운영하던 여성은 한순간에 돈과 사람 모두를 잃었다는
배신감을 느꼈습니다.

배신은 놀라운 충격으로 다가오는 예기치 않은 사건
입니다. 신뢰할 수 있는 사람의 의도적인 행동이나 실수로
인해 피해를 입는 것을 말합니다. 처음에는 배신을 믿지 않
는 경우가 많습니다. 그래서 배신의 상처는 오래 지속되는
경향이 있고 심지어 영구적이며 기억에 오래 남습니다. 배
신의 감정에는 충격, 상실감, 슬픔, 정신적·신체적 고통, 자
존감 저하, 자기 의심, 분노, 우울 등이 있습니다.

배신으로 인한 갑작스러운 관계의 단절감은 신뢰의 붕
괴를 가져옵니다. 배신은 관계를 산산조각내고 깊은 감정의
상처를 남길 수 있는 신뢰 위반입니다. 신뢰는 관계와 밀접
한 관련이 있기 때문에 배신에 필수적입니다. 이때 치유를
위해 필요한 것은 배신당했다는 사실과 수치심에서 달아나
려고 하는 것보다는 상대방을 향해서 자신의 감정을 충분히
드러내는 것입니다. 그러면 상대방 역시 한계가 있고 사소

한 감정에 휘둘렸던 나약한 인간이라는 사실을 인지할 수 있습니다. 이런 과정을 통해 상대방에게 책임을 묻고 상대방이 이를 경청한다면 진정한 용서가 이뤄질 수도 있습니다.

인간이 할 수 있는 가장 위대한 일이 용서라고 합니다. 그만큼 용서하고 용서받는 것이 어렵다는 의미입니다. 만약 어떤 사람이 저지른 잘못이나 신뢰를 깨고 배신한 행위에 대해 용서한다면 도덕적으로 선하고 자비로운 성격으로 인정받습니다. 미국의 심리학자 딕 티비츠Dick Tibbits는 『용서가 있는 삶』을 통해 용서에는 세 가지 범위가 있다고 말합니다.

첫째, 개인의 용서입니다. 개인적인 차원의 용서는 자신을 치유하는 데 도움이 됩니다. 자신이 품고 있는 원한을 놓아버려야 자신이 편안해지는 것을 우리는 어렴풋이 이미 알고 있습니다. 개인적인 용서는 세 가지 용서 가운데 치료의 의미가 가장 큽니다. 개인적인 용서를 실천하면 상처에서 치유로, 피해자에서 승리자로, 지금보다 나은 인생으로 나아갈 수 있습니다.

둘째, 영적인 용서입니다. 연구자들은 자신의 죄를 신께 용서받고 싶어 하는 사람들이 용서라는 단어를 가장 자주 사용한다는 점을 발견했습니다. 하지만 꼭 종교를 믿어야 하는 것은 아닙니다. 영적인 용서는 존재의 의미와 목적을 찾을 수 있게 도와줍니다.

셋째, 관계의 용서입니다. 어떤 갈등이 발생했을 때 두 사람 사이에 일어난 일에 초점을 맞추는 것입니다. 관계적인 용서가 되려면 한 사람이 용서를 구하고 상대방은 이것을 받아주어야 합니다. 갈등이 해소되면 두 사람은 다시 함께 지낼 수 있습니다. 관계의 용서는 최종 목표가 화해입니다. 여기서 많은 사람들이 의문을 갖습니다. '용서했으면 화해한 거 아니야?'라고 생각합니다. 용서와 화해는 다릅니다. 용서했다고 해서 항상 화해가 가능한 것은 아닙니다. 혹은 한 사람이 용서하기를 거부하거나 상대방이 아직 용서를 받아들이고 싶어 하지 않는다면 관계의 용서는 화해라는 성과를 거두지 못하게 됩니다.

초등학교 3학년 사라의 감정일기

7월 18일 화요일   오늘의 감정날씨 : 미움, 답답함

아빠랑 보드게임을 했다. 게임에서 진 사람은 이긴 사람 소원을 들어주기로 했다. 나는 게임에서 이기면 빙수를 먹으러 가자고 해야지 생각했다. 그런데 아빠가 오늘따라 게임을 너무 잘했다. 그래도 이겨보려고 열심히 했는데 결국 내가 졌다. 아빠는 소원으로 심부름을 해

달라고 했다. 마트에 가서 시리얼하고 우유를 사 왔다. 괜히 기분이
나빴다. 아빠는 더워서 나가기 귀찮으니까 나를 시키려고 게임을 한
게 분명하다. 내가 당했다. 아빠가 미워서 째려보고 나는 시리얼을
먹지 않았다. 그랬더니 엄마가 아빠를 그렇게 째려보는 건 안 되는
거라고 아빠를 용서해주라고 했다. 용서하겠다고 했지만 기분은 계속
나빴다. 그런데 아빠는 또 게임을 하자고 했다. 나는 그럴 기분은 아
니라고 했다. 아빠는 진짜 내 마음을 모른다. 너무 못됐다.

우리가 관계의 용서에서 가장 오해하는 부분입니다.
'용서'를 했다고 '화해'가 자동으로 이루어지는 건 아닙니다.
별개의 문제입니다. 개인의 용서는 치유의 발목을 잡고 있
는 분노와 원망, 상처를 풀어주고 앞으로 나아가는 것입니
다. 그래서 개인의 용서는 마음의 평화와 정서적 안녕을 되
찾는 데 도움을 줄 수 있는 강력한 자기 관리 행위입니다. 반
면 화해는 사건(배신, 상처받을 만한 상황 등)이 발생한 후 신뢰
와 관계를 회복하는 과정입니다. 아직 남아 있을지도 모르
는 고통과 분노를 해결하기 위해 열린 소통과 공감, 의지가
필요합니다.

용서와 화해의 길을 가기 위해서는 먼저 자신의 감정
을 인정하고 처리하는 것이 중요합니다. 분노, 상처, 배신감

을 느낄 수 있도록 허용하되 준비가 되면 이러한 부정적인 감정을 떨쳐버릴 수 있도록 허락해 주세요. 사건(배신, 상처받을 만한 상황 등)과 용서 사이에는 수많은 감정이 있습니다. 용서와 화해 사이 또한 마찬가지입니다. 그 많은 감정들을 느끼고 수용하고 이해하려면 당연히 시간이 필요합니다.

우리는 일생일대의 큰 사건으로 배신을 당할 수도 있고 일상에서 빈번하게 일어나는 사소한 일에서도 상처를 받거나 배신감을 느낄 수 있습니다. 아이들은 언제 배신감을 느끼고 어떻게 용서하고 화해할까요. 본의 아니게 제가 가장 충격을 받았던 초등학교 4학년 아이들의 감정일기를 소개합니다.

초등학교 4학년 현희의 감정일기

7월 18일 화요일   오늘의 감정날씨 : 배신감

감정일기 선생님이 우리를 배신했다. 우리하고만 감정일기를 하는 줄 알았는데 다른 아이들도 많이 배우고 있었다. 선생님이 우리하고만 얘기했으면 좋겠다. 이제 다음 주면 마지막 시간인데 앞으로 못 만난다고 하니까 아쉽다. 선생님이 배신하고 떠나지만 않았다면 더 좋았을 것 같다.

저는 졸지에 배신자가 되고 말았습니다. 우리는 모두 작고 사소한 배신과 큰 배신을 당할 수 있습니다. 그리고 대부분의 사람들은 무의식적으로 혹은 저처럼 자기도 모르게 다른 사람들을 배신할 수 있습니다. 제 입장에서 잘못한 건 없지만 아이들과 대화는 나눠봐야 할 것 같았습니다.

"선생님이 다른 곳에서도 수업하는 게 잘못은 아닌 것 같은데 왜 배신감을 느꼈어?"

"우리한테 얘기 안 했잖아요."

"응? 무슨 얘기? 다른 곳에서도 수업한다는 얘기?"

251

"네. 저는 그것도 모르고 우리 선생님인 줄 알았고 2학기에 또 만나는 줄 알았어요. 그런데 쫑파티도 안 하고 2학기에 만나지도 않고 다른 곳으로 가는 건 배신이에요."

"아, 그게 다른 곳으로 가는 게 아니고 원래 일정이 그렇게 순서대로 잡혀 있었어. 그리고 선생님이 수업 끝나면 바로 버스 타고 가야 해서 쫑파티를 못 하는 건 아쉽지만 미안해."

"암튼 완전 실망이에요."

글을 쓰다 보니 문득 궁금해집니다. 아이들은 저를 용서했을까요. 아니면 저에 대한 기억을 완전히 잊었을까요. 아이들과 화해하지 못하고 온 것 같아서 마음 한구석이 찜찜합니다. 배신당한 당사자의 마음을 풀어주는 방법으로 배신한 사람이 죄책감을 느끼는 것만으로는 부족하다고 합니다. 특히 신뢰가 완전히 회복되어야 하는 경우에는 더욱 그렇습니다. 언제, 어떻게 미안했는지 그리고 충분히 미안한지 전달하고 설득하기 위해 상당한 노력과 끈기가 필요합니다. 그리고 모든 감정적 권리가 회복되어야 비로소 용서와 화해의 길로 갈 수 있습니다.

감 정 일 기 쓰 기 **t i p**

✎ 나를 배신했던 사람의 행동이 나에게 어떤 상처를 주었는지 생각해보기

✎ 내가 배신했던 사람에게 사과하기 (주의사항 : 사건과 감정에 대해서만 언급

하기, 자신의 존재에 대해서 사과하지 말 것)

칭찬 샤워 한 후 감정일기 쓰기

『톰 소여의 모험』, 『왕자와 거지』, 『허클베리 핀의 모험』 등 다수의 역작을 남긴 작가 마크 트웨인은 "나는 한 마디의 칭찬으로 두 달을 기쁘게 살 수 있다"라고 말한 바 있습니다. 그만큼 칭찬의 힘이 크다는 의미입니다. 칭찬은 하는 쪽과 받는 쪽 모두의 정서에 큰 도움이 됩니다. 칭찬 샤워는 물이 아닌 칭찬으로 샤워를 하듯 한 아이에게 엄청난 양의 칭찬을 해주는 활동입니다. 칭찬은 '긍정적 강화', '긍정적 피드백' 등 발달과정에 있어서 큰 역할을 합니다. 누구에게나 칭찬은 기분 좋지만 칭찬이 가장 큰 힘을 발휘할 수 있는 시기는 어린 시절입니다. 가정과 학교, 모임에서 함께해보고 칭찬 샤워 후의 느낌을 감정일기에 써보세요.

칭찬 샤워 하는 방법

1. 칭찬 샤워의 주인공을 한 명 뽑습니다. (주인공은 한 명씩 돌아가면서 합니다.)

2. 주인공은 다른 사람들이 쓰는 모습을 보지 못하게 등지고 앉습니다.

3. 나머지 친구들은 메모지에 주인공에게 해주고 싶은 칭찬을 하나씩 적습니다. (최대한 누가 적었는지 모르게 합니다.)

4. 주인공은 칭찬 메모지를 하나씩 읽어봅니다.

5. 주인공은 칭찬을 모두 읽은 뒤, 가장 마음에 드는 칭찬을 1개 뽑아서 누가 적었을지 예상해봅니다.

6. 주인공은 가장 마음에 드는 칭찬 1가지를 선택한 이유를 발표합니다.

7. 주인공을 향해 주인공이 뽑은 최고의 칭찬을 모두가 큰소리로 외칩니다.

이슈issue보다 존재being에
집중하는 사회를 꿈꾸며

초등학교 때 일기 쓰기만큼 자주 했던 숙제는 '위인전 읽고 독후감 쓰기'였습니다. 저는 한결같이 이순신 장군에 대해 썼던 기억이 납니다. 그 시절 어린이가 읽는 난중일기를 읽고 푹 빠졌습니다. 우리가 기억하는 난중일기는 이순신 장군이 임진왜란 동안 바다에서 왜적과 싸운 전쟁 상황을 기록한 일기입니다. 사람들은 난중일기의 주요 내용이 당연히 전쟁 이야기로 가득할 것 같다고 생각합니다. 그러나 제 기억 속에 난중일기는 전쟁의 기록뿐 아니라 가족에 대한 사랑, 어머니를 향한 효심, 부하를 사랑하고 백성을 아끼는 마음, 나라에 대한 충성심, 전쟁에서 이기지 못한 날의 분노와 눈물, 한숨 등 한 인간이 겪는 다양한 감정을 담고 있었습니다. 그래서 위인이지만 언제든 만날 수 있는 사람처럼 느껴졌습니다. 그 영향 덕분에 저도 어린 시절부터 꾸준하게 일기를 썼습니다. 오랜 시간이 지나고 제가 썼던 일기는 '감정일기'라고 이름을 붙였습니다.

감정일기 수업이 끝나면 아이들이 롤링 페이퍼(한 사람에게 주기 위해서 다수의 사람들이 인사, 평소의 마음, 의견 등을 같은 종이에 적는 것)를 줍니다. 거기에는 수업 후기부터 저에게 보내는 인사가 담겨있습니다. 중학교 3학년 감정일기 수업을 할 때였습니다. 학생들이 '30일 감정일기 프로젝트'에 참여하며 하루도 빠지지 않고 감정일기를 썼습니다. 그리고 학생들의 감정일기를 책으로 제작해서 졸업앨범과 함께 나눠주기로 했습니다. 학생들이 마지막까지 잘 참여할 수 있을까 걱정했던 우려와 달리 단 한 사람도 빠짐없이 실천했습니다. 뿌듯하기도 했고 아이들이 30일 동안 감정일기를 쓰면서 어떻게 느꼈는지도 궁금했습니다. 마지막 시간에 학생들이 감정일기를 쓰며 느꼈던 점을 적은 롤링 페이퍼를 받았습니다. 수많은 글씨로 꽉 채워진 종이에서 제 눈길을 끌었던 짧은 문장이 있었습니다.

"귀찮았다."

정말 솔직한 후기입니다. 저는 다른 사람에게 잘 보이려고 말을 꾸미거나 자신의 감정을 속이지 않은 짧은 이 문장이 좋았습니다. 우리는 왜 꾸준히 일기 쓰는 일이 귀찮을까요? 일기 쓰기의 귀찮음이 일기 쓰기의 효과보다 크기 때문입니다. 매일 일기를 쓴다는 건 생각보다 귀찮음을 동반하는 일입니다. 당장 해결해야 할 일들이 많고 일기를 쓴다고 해서 눈에 보이는 효과가 바로 나타나지도 않는 것 같습니다. 그런데 누군가를 위해 귀찮은 일을 해주는 것이 '사랑'이라고 합니다. 일기를 쓰는 일이 귀찮은 일이라면 일기 쓰기는 나를 사랑하는 방법이 될 수 있습니다.

제가 감정일기 강의를 시작하면서 세웠던 목표는 "전 국민이 감정일기 쓰는 그날까지" 감정일기를 알리겠다는 것이었습니다. 그 목표는 청년으로 시작해서 성인, 어린이, 청소년, 시니어까지 다양한 연령과 대상으로 확대되고 있는 중입니다. 사람들이 감정일기를 자발적으로 꾸준히 쓰기 위해서는 그들의 내적 동기를 유발하고 감정일기의 장점과 효과에 대에 끊임없이 알려주는 노력이 필요합니다. 저의 노력과 진심이 전해져서 감정일기를 쓰는 사람들이 늘어난다면 우리의 마음이 한결 건강해질 거라고 믿습니다.

"100권의 심리서보다 1권의 감정일기가 낫다!"

인사이드 아웃 다이어리 앞에 적혀있는 문장입니다. 이 문장을 처음 봤을 때 제가 외치고 싶은 말을 누군가 대신 해준 것 같아서 후련하고 감사했습니다. 마음이 지치고 힘들 때, 성장하고 싶을 때 심리서는 분명 도움이 됩니다. 그러나 실천하지 않는 건 아무런 의미가 없습니다. 중요한 것은 수없이 변하는 감정 속에서도 중심을 잃지 않으려고 노력하는 지속적인 실천입니다. 그런 의미에서 감정일기는 우리의 경험과 감정을 기록하는 가장 쉽지만 효과가 좋은 방법입니다. 일상에서 겪은 일들을 기록하면 자신의 성장과 변화를 돌아보는 기회를 제공하여 더 나은 자기 이해와 성장을 이룰 수 있습니다. 감정일기에 기록된 경험은 나중에 비슷한 상황을 경험할 때에도 도움을 받을 수 있습니다.

여러분은 동심童心을 간직하고 있나요?

어린이들은 세상을 바라볼 때, 경이롭고 신기해하며 사랑의 눈빛으로 대상을 바라봅니다. 그리고 편견 없이 세상을 배울 준비가 되어 있습니다. 저는 아이들을 만나며 어린이의 마음은 언제 사라지는 걸까 궁금했습니다. 그래서 동심의 반대말을 찾아보았더니 존재하지 않았습니다. 수많은 혼란을 겪은 어른들의 마음은 어떤 한 단어로 표현할 수 없었기 때문일까요.

우리가 일상에서 겪는 다양한 일들을 어른들이 보지 못하는 어린이의 시선으로 바라보면 자신의 어린 시절을 상기시키면서 신선한 자극이 됩니다. 저는 동심은 사라지는 게 아니라 묻혀있는 것이라고 생각합니다. 어른들이 누구보다 동심을 그리워하지만 그것을 숨기며 살아갑니다. 동심이 있던 자리에 다른 마음이 생긴 게 아니라 묻혀서 보이지 않는 것입니다. 사람의 마음은 나무의 나이테처럼 동심을 중간에 두고 울퉁불퉁한 선을 그리며 자라납니다. 수많은 선에 묻힌 우리의 동심은 어떤 모양을 하고 있을까요. 어린이는 끊임없이 자기를 봐 달라고 신호를 보냅니다. 내 안의 어린이를 불러내서 대화하고 친해지고 화해하고, 어린이의 감정으로 세상을 바라보세요. 동심을 묻어둔 채 어른의 눈으로 세상을 바라보면서 살아가다가 힘든 순간을 만났을 때는 세상을 어린이의 시각으로 들여다보는 것이 방법입니다.

여러 가지 고민과 스트레스로 힘들어하는 어른에게 7살 아이가 건네는 조언은 "놀이터에 나가서 미끄럼틀을 세 번만 타봐요."였다고 합니다. 역시 진리는 단순합니다. 앉아서 부정적인 생각에만 갇히지 말고 나가서 움직여보라는 말을 딱 그 나이에 할 수 있는 언어로 표현했다는 생각이 듭니다. 감정일기는 오랜 시간 잠들어 있던 여러분의 마음속 어린이가 다시 일어나서 성장하는데 든든한 친구가 되어줄 것입니다. 그러기 위해서는 여러분의 감정을 꺼내는 것부터가 시작입니다. 모든 것을 수용해주는 감정일기에 먼저 꺼내보세요. 우리에게는 안전하고 든든한 울타리가 필요합니다. 감정일기가 여러분에게 그런 존재가 되어줄 거라고 생각합니다.

각박한 세상에서 떠들썩한 이슈issue보다 한 명 한 명 소중한 존재being에 집중하는 사회가 되길 바랍니다. 그런 사회에서 세상의 모든 어린이와 어른들의 마음속에 존재하는 어린이가 사랑받으며 안전하고 자유롭게 자라길 응원하겠습니다.

참고문헌

1장. 어른과 함께 쓰는 어린이 감정일기

나를 비난하는 내면의 목소리에서 벗어나기

Argyle, M. (1964). Introjection: a form of social learning. British journal of psychology, 55(4), 391-402.

마음을 탐색하고 상실을 위로하는 감정일기

성지선 (2023). 그림책을 통한 "애도 교육education of mourning" 지도 방안 연구 : 초등학교 4학년을 중심으로. 청주 : 한국교원대학교 교육정책전문대학원, 석사학위 논문.

숙제가 아닌 성장의 기록

Daniel Goleman (2014). Emotional Intelligence (Why it Can Matter More Than IQ). Bloomsbury.

2장. 어린이 감정으로 세상을 바라보기

날씨와 감정의 관계

Liu, Y., Liu, M., & Yu, K. (2015). The influence of emotion and gender on work efficiency in hazy weather. Open Journal of Social Sciences, 3(5), 58-63.

일기에 날씨를 작성하는 이유

Daniel Cervone 외 (2017). Psychology: The Science of Person, Mind, and Brain. 심리학 개론:사람, 마음, 뇌과학. 서울: 시그마프레스.

보이는 것 너머의 보이지 않는 것을 보는 훈련

최영호 (2022). 통찰지능, 글항아리.

삼성사회정신건강연구소 (2009). 부모-자녀 함께 가는 멋진 세상 : 부모교육 프로그램, 교육과학사.

사소한 질문 반복하기

Dean Burnett (2024). 감정이 어려운 사람들을 위한 뇌과학. 북트리거.

사도시마 요헤이 (2023). 관찰력 기르는 법. 유유출판사.

3장. 내 안의 어린이 불러내기

미러링 효과mirror effect

Domingue, B. W., Fletcher, J., Conley, D., & Boardman, J. D. (2014). Genetic and educational assorta- tive mating among US adults. Proceedings of the National Academy of Science of the United States of America, 111(22), 7996-8000.

Renati, R., Zanetti, M. A., & Berrone, C. (2009). Children writing on anger. An instrument for the promotion of an effective emotion management? Symposium "The development of emotional competence: correlational and training studies". In . Proceedings.

좌절된 욕구 파악하기

Baumeister, R. F., & Leary, M. R. (1995). The need to belong: Desire for interpersonal attachments as a fundamental human motivation. PsychologicalBulletin, 117, 497-529.

순응하는 어린이 vs 자유로운 어린이

Berne, E. (2016). Transactional analysis in psychotherapy: A systematic individual and social psychiatry. Pickle Partners Publishing.

4장. 내 안의 어린이와 대화하기

감정의 유통기한

Lazare, A. (2005). On apology. Oxford University Press.

Howell, A. J., Dopko, R. L., Turowski, J. B., & Buro, K. (2011). The disposition to apologize. Personality and Individual Differences, 51(4), 509-514.

Exline, J. J., & Baumeister, R. F. (2000). Expressing forgiveness and repentance. Benefits and barriers. In M. E. McCullough, K. I. Pargament, & C. E. Thoresen (Eds.), Forgiveness: Theory, research, and practice (pp. 133-155). New York: Guilford Press.

감정의 기본 설정값 변경하기

Wood, W., Quinn, J. M., & Kashy, D. A. (2002). Habits in everyday life: thought, emotion, and action. Journal of personality and social psychology, 83(6), 1281.

우울감 함께 해결하기

Messina, I., Bianco, F., Cusinato, M., Calvo, V., & Sambin, M. (2016). Abnormal default system functioning in depression: implications for emotion regulation. Frontiers in psychology, 7, 202607.

감정과 의사결정

http://www.stuff.co.nz/life-style/well-good/teach-me/69100068/Are-you-indecisive-Heres-six-ways-to-help-you-make-choices

5장. 내 안의 어린이 지키기

자기합리화 vs 자기객관화

Harmon-Jones, E., & Mills, J. (2019). An introduction to cognitive dissonance theory and an overview of current perspectives on the theory.

모기룡 (2022). 자기객관화 수업 현실적응능력을 높이는 철학 상담, 행복
우물.

양가감정 탐색하기

Rothman, N. B., Pratt, M. G., Rees, L., & Vogus, T. J. (2017). Understanding the dual nature of ambivalence: Why and when ambivalence leads to good and bad outcomes. Academy of Management Annals, 11(1), 33-72.

as if 기법 활용하기

Watts, R. E. (2013). The vision of Adler: An introduction. In Intervention & Strategies in Counseling and Psychotherapy (pp. 1-13). Taylor & Francis.

6장. 내 안의 어린이와 화해하기

관계적 상호작용 이해하기

Loeber, R., Drinkwater, M., Yin, Y., Anderson, S. J., Schmidt, L. C., & Crawford, A. (2000). Stability of family interaction from ages 6 to 18. Journal of abnormal child psychology, 28, 353-369.

인지적 재해석 훈련

Denny, B. T., & Ochsner, K. N. (2014). Behavioral effects of longitudinal training in cognitive reappraisal. Emotion, 14(2), 425.

Dercon, Q., Mehrhof, S. Z., Sandhu, T. R., Hitchcock, C., Lawson, R. P., Pizzagalli, D. A., ... & Nord, C. L. (2024). A core component of psychological therapy causes adaptive changes in computational learning mechanisms. Psychological Medicine, 54(2), 327-337.

Stephen M Fleming (2022). 나 자신을 알라 : 뇌과학으로 다시 태어난 소크라테스의 지혜. 바다출판사.

내면의 숨은 동기 찾기

Simler, Kevin, Hanson, Robin(2020). The Elephant in the Brain: Hidden Motives in Everyday Life (Hidden Motives in Everyday Life). Oxford University Press, USA.

모든 감정적 권리의 회복

Rachman, S. (2010). Betrayal: A psychological analysis. Behaviour research and therapy, 48(4), 304-311.

Fitness, J. (2001). Betrayal, rejection, revenge, and forgiveness: An interpersonal script approach. Interpersonal rejection, 73-103.

30일 감정일기
프로젝트

1일 오늘의 내 감정을 한 단어로 표현해 보세요.

가장 기억에 남는 일은 무엇인가요? 감정을 자유롭게 기록해 보세요.

오늘의 감정에 점수를 주세요.(1~10점)

개인마다 취향, 즉 선호의 영역이 있습니다. 취향은 무언가 하고 싶은 마음의 방향이며, 감정의 영향을 받습니다. 요즘 여러분의 취향은 무엇인가요?

3일 우리의 몸과 마음은 연결되어 있습니다. 신체를 건강하게 유지하는 것은 정신건강에도 필수입니다. 신체의 건강을 위해서 하고 있는 것이 있나요?

4일 스스로 정직하지 못한 변명을 한 적이 있나요? 변명을 했던 이유는 무엇이 었는지, 한 발짝 떨어져서 생각해 보고 그때의 감정을 적어보세요.

우리가 무의식적으로 선택하는 음식도 감정의 영향을 받습니다. 감정으로 인해 식욕이 너무 높아지거나 반대로 식욕이 없어지면 건강에도 문제가 생길 수 있습니다. 감정과 음식 간의 관계를 이해하고, 올바른 선택을 한다면 감정을 조절하는데 도움이 됩니다. 오늘 먹은 음식과 그 음식을 먹을 때 느꼈던 감정을 적어보세요.

6일 감동은 무언가 크게 느껴서 마음이 움직이는 것을 말합니다. 내가 감동받았던 순간은 언제였나요?

우리는 종종 스스로를 적으로 만드는 덫에 걸립니다. 나와 가장 친한 친구로
지내기 위한 방법을 적어보세요.

_____

_____

_____

_____

_____

_____

_____

_____

_____

_____

_____

_____

_____

_____

_____

_____

_____

_____

허전함은 무언가 잃거나 의지할 곳이 없어진 것 같고 주위에 아무도 없어서 공허한 상태입니다. 나는 무엇이 없으면 허전할 것 같나요?

9일 내 감정을 잘 돌보고 있나요? 내 안의 어린이를 어떻게 돌봐주고 싶나요?

여행은 우리에게 생각지 못한 감정을 느끼게 해줍니다. 여행을 떠나기 전, 멋진 풍경을 만난 여행지에서, 여행을 다녀온 후의 감정을 적어보세요. 여행에 따른 감정의 변화는 낯선 곳에서 나의 모습을 볼 수 있는 또 다른 방법입니다.

11일 내가 진심이 아닐 때 보이는 행동이나 특징은 무엇이 있나요?

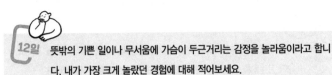

뜻밖의 기쁜 일이나 무서움에 가슴이 두근거리는 감정을 놀라움이라고 합니다. 내가 가장 크게 놀랐던 경험에 대해 적어보세요.

13일 이럴 수도 없고 저럴 수도 없는 곤란한 상황에 놓였을 때 난처함을 느끼죠.
내가 곤란함을 느꼈던 상황은 언제인가요? 나는 어떻게 행동했나요?

14일 마음이 들떠서 두근거리는 감정이 설렘입니다. 누군가에게 설렌 적이 있나요?

15일 우리는 종종 후회하고 자책하는 순간을 만납니다. 그럴 땐 이렇게 작성해 보세요.

나는 ▒▒▒▒▒▒▒▒▒ 한 일이 후회된다. (화가 난다/

아쉽다/슬프다/억울하다 등)

그러나 그 일은 ▒▒▒▒▒▒▒▒▒ 했기 때문이었다.

이제 나는 ▒▒▒▒▒▒▒▒ 을 놓아주고 싶다.

16일 에너지가 넘치고 생기가 가득한 상태를 활기차다고 표현합니다. 나는 무슨 일을 할 때 활기찬가요?

17일 원망은 상대를 못마땅하게 여겨 탓하거나 불편을 쌓아가며 미워하는 감정입니다. 누군가 원망스러웠던 순간은 언제였나요?

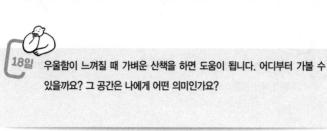

우울함이 느껴질 때 가벼운 산책을 하면 도움이 됩니다. 어디부터 가볼 수 있을까요? 그 공간은 나에게 어떤 의미인가요?

주변 사람 중 가장 배울 점이 많은 사람에 대해 소개해 주세요. 그 사람을 보면 어떤 감정이 느껴지나요?

20일 사랑은 다른 사람이나 동물을 아끼고 소중히 여기는 마음입니다. 나는 언제 사랑받는다고 느끼나요?

관심사를 알아보는 건 나의 욕구를 알아볼 수 있는 기회입니다. 요즘 가장 많이 나누는 대화 주제는 무엇인가요?

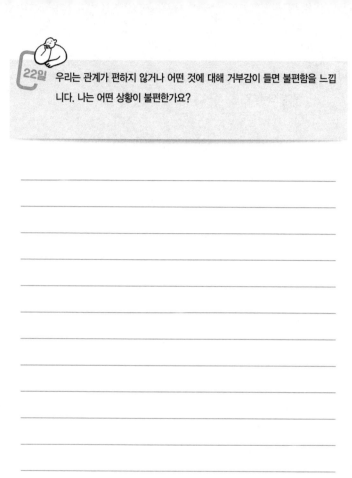

22일 우리는 관계가 편하지 않거나 어떤 것에 대해 거부감이 들면 불편함을 느낍니다. 나는 어떤 상황이 불편한가요?

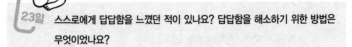

스스로에게 답답함을 느꼈던 적이 있나요? 답답함을 해소하기 위한 방법은
무엇이었나요?

_____

_____

_____

_____

_____

_____

_____

_____

_____

_____

_____

_____

_____

_____

_____

_____

24일 사람의 진정성을 어디서 느끼나요?

잘하고 싶었지만 실패했던 일이 있나요? 그 일을 되돌아본 지금의 감정은 어떤가요? 그때의 나에게 해주고 싶은 말을 적어보세요.

요즘 나를 힘들게 했던 상황이 혹시 과거에도 겪었던 일이라면, 그때의 상황과 감정을 적어보세요.

27일 다른 사람의 성공은 질투도 나지만 우리에게 좋은 자극이 되어줍니다. 다른 사람의 성공을 진심으로 축하해주고, 여러분이 이룬 작은 성공도 축하해주세요.

나의 자랑스러운 부분에 대해 적어보세요. 우리가 놓치고 지나가는 것일 뿐 우리는 꽤 멋지게 열심히 살아가고 있습니다.

_____

_____

_____

_____

_____

_____

_____

_____

_____

_____

_____

_____

_____

_____

_____

_____

_____

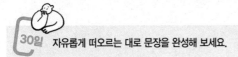

아직은 준비가 안 됐지만 언젠가는

지금까지 상처로 남아있는 말은

세상이 위험하지 않다면

내가 온전히 이해받고 있다고 느끼는 순간은

이런 생각을 해도 괜찮다면

다른 사람에게 들키고 싶지 않은 감정은

수백 번 흔들려도 된다면

어른스럽지 않아도 된다면

감정 인식 & 감정 표현 검사

감정은 여러 가지 경험으로 만들어집니다. 감정 인식이란 자신이 느끼는 감정을 인식하고 알아차리는 능력으로 다른 모든 지능의 초석이 되며, 자신의 감정 상태를 명확하게 인식해야 자기의 감정을 통제할 수 있고 적절하게 반응할 수 있습니다. 자신의 감정을 자각하고 명명하며, 대면할 수 있다면 그 감정은 덜 위협적으로 느껴집니다.

감정 표현이란 상황에 대해 자신이 느끼는 기분이나 현상을 억제하거나 차단하지 않고 말이나 행동으로 나타내는 것을 의미합니다. 정신분석적 측면에서는 정서의 억압이나 억제, 차단은 신체적·심리적 병인이 된다고 간주하였고, 이와 함께 신체 관련 질환들과 많은 연관이 있다고 보고되고 있습니다. 감정의 처리가 우리의 정신적·신체적 건강과 밀접하게 연관되어 있기 때문입니다. 감정을 이해하고 수용하고 표현하는 것은 신체 활동, 언어표현, 유머, 긍정적 사고와 행위가 건설적인 방식으로 나타나는 시도이며, 이러한 행동을 취하는 자체가 스트레스를 감소시키는 기능을 합니다.

다음 문장을 읽고 평소 자신의 상태를 가장 잘 나타낸다고 생각되는 것을 표시해 주세요.

• 전혀 이렇지 않다 (1점) • 별로 이렇지 않다 (2점) • 보통이다 (3점) • 이렇게 느낀다 (4점) • 자주 이렇게 느낀다 (5점)	
1. 아무리 기분이 나빠도 좋은 생각을 하려고 노력한다.	1 - 2 - 3 - 4 - 5
2. 사람들이 감정에 치중하는 대신 생각을 더 많이 한다면 살아가는 것이 훨씬 수월할 것이다.	1 - 2 - 3 - 4 - 5
3. 감정이나 기분에 주의를 기울일 가치가 없다고 생각한다.	1 - 2 - 3 - 4 - 5
4. 나는 내가 어떻게 느끼는지 별로 상관하지 않는다.	1 - 2 - 3 - 4 - 5
5. 때로 나는 내가 어떻게 느끼는지 알 수가 없다.	1 - 2 - 3 - 4 - 5
6. 나는 내가 어떤 느낌을 갖는지 혼란스러울 때가 거의 없다.	1 - 2 - 3 - 4 - 5
7. 느낌은 삶의 방향을 제시해 준다.	1 - 2 - 3 - 4 - 5
8. 때로 슬플 때도 있지만, 나는 대체로 나의 미래를 낙관한다.	1 - 2 - 3 - 4 - 5
9. 화가 날 때 '인생에서 좋은 일'이란 환상에 지나지 않는다고 생각해 버린다.	1 - 2 - 3 - 4 - 5
10. 나는 내 마음이 가는 대로 따른다.	1 - 2 - 3 - 4 - 5
11. 내가 무얼 느끼는지 알 수가 없다.	1 - 2 - 3 - 4 - 5
12. 내가 느끼는 감정들을 다루는 최선의 방법은 모든 것을 최대한 만끽하는 것이다.	1 - 2 - 3 - 4 - 5

13. 화가 나면, 즐거웠던 일들을 떠올리려 한다.	1 - 2 - 3 - 4 - 5
14. 내 신념과 의견은 내 감정에 따라 늘 변하는 것 같다.	1 - 2 - 3 - 4 - 5
15. 나는 내가 사물에 대해 어떻게 느끼는지 주의하곤 한다.	1 - 2 - 3 - 4 - 5
16. 내가 어떻게 느끼는지 항상 혼란스럽다.	1 - 2 - 3 - 4 - 5
17. 사람은 결코 감정에 좌우 되어서는 안 된다.	1 - 2 - 3 - 4 - 5
18. 나는 결코 내 감정에 지배되지 않는다.	1 - 2 - 3 - 4 - 5
19. 즐거울 때도 있지만 대부분 나는 미래를 비관적으로 보고 있다.	1 - 2 - 3 - 4 - 5
20. 나는 쉽사리 내 감정들을 다룰 수 있다.	1 - 2 - 3 - 4 - 5
21. 내가 어떻게 느끼는지에 대해 많은 주의를 기울인다.	1 - 2 - 3 - 4 - 5
22. 때로 내 감정을 이해할 수 없다.	1 - 2 - 3 - 4 - 5
23. 나는 내 느낌에 별로 주의를 기울이지 않는다.	1 - 2 - 3 - 4 - 5
24. 나는 자주 나의 느낌에 대해 종종 생각해 본다.	1 - 2 - 3 - 4 - 5
25. 나는 대개 내 느낌을 명확하게 안다.	1 - 2 - 3 - 4 - 5
26. 아무리 기분이 상해도 즐거운 일을 생각하려고 애쓴다.	1 - 2 - 3 - 4 - 5
27. 감정은 인간이 가진 약점이다.	1 - 2 - 3 - 4 - 5
28. 나는 보통 사물/일에 대한 나의 느낌을 알고 있다.	1 - 2 - 3 - 4 - 5
29. 자신의 감정에 대해 생각하는 것은 시간 낭비다.	1 - 2 - 3 - 4 - 5
30 나는 항상 내가 어떻게 느끼는지 정확하게 알고 있다.	1 - 2 - 3 - 4 - 5
총점	

출처 : Salovey, Mayer, Goldman, Turvey, & Palfai, 1995

다음 문장을 읽고 평소 자신의 상태를 가장 잘 나타낸 다고 생각되는 것을 표시해 주세요.

• 전혀 이렇지 않다 (1점)　　• 별로 이렇지 않다 (2점)　　• 보통이다 (3점) • 이렇게 느낀다 (4점)　　• 자주 이렇게 느낀다 (5점)	
1. 나는 자신이 감정을 잘 표현하는 사람이라고 생각한다.	1 - 2 - 3 - 4 - 5
2. 사람들이 나를 무뚝뚝한 사람이라고 생각한다.	1 - 2 - 3 - 4 - 5
3. 나는 나의 감정을 남에게 보이지 않는다.	1 - 2 - 3 - 4 - 5
4. 종종 다른 사람들이 나를 무심한 사람으로 생각한다.	1 - 2 - 3 - 4 - 5
5. 다른 사람들이 나의 감정을 읽을 수 있다.	1 - 2 - 3 - 4 - 5
6. 나는 나의 감정을 다른 사람들에게 표시한다.	1 - 2 - 3 - 4 - 5
7. 나는 나의 감정을 다른 사람들에게 보이기를 싫어한다.	1 - 2 - 3 - 4 - 5
8. 나는 다른 사람들 앞에서 울 수 있다.	1 - 2 - 3 - 4 - 5
9. 아주 감정적으로 흥분된 상태에서도 나는 다른 사람들에게 나의 감정을 보여주지 않는다.	1 - 2 - 3 - 4 - 5
10. 나의 감정상태를 다른 사람들이 쉽게 감지하지 못한다.	1 - 2 - 3 - 4 - 5
11. 나는 감정을 잘 표현하지 않는다.	1 - 2 - 3 - 4 - 5
12. 내가 강한 감정을 느끼더라도 외적으로(바깥으로) 표현하지 않는다.	1 - 2 - 3 - 4 - 5
13. 나는 나의 감정을 숨기지 못한다.	1 - 2 - 3 - 4 - 5
14. 다른 사람들이 나를 매우 감정적인 사람으로 본다.	1 - 2 - 3 - 4 - 5

15. 나는 나의 감정을 다른 사람들에게 표현하지 않는다.	1 - 2 - 3 - 4 - 5
16. 내가 실제로 느끼는 감정은 다른 사람들이 나의 감정에 대하여 추정하는 바와(추측하는 것과) 다르다.	1 - 2 - 3 - 4 - 5
17. 나는 나의 감정을 억제한다.	1 - 2 - 3 - 4 - 5
총점	

출처 : Kring과 Smith 및 Neale(1994)

해석 방법

감정 인식
- 가능한 점수의 범위는 30점에서 150점이며, 점수가 높을수록 감정 인식 정도가 높은 것을 의미합니다.
- 감정 인식을 잘하는 사람일수록 인간관계에 대한 만족도와 삶에 대한 행복도가 높을 수 있습니다.

감정 표현
- 가능한 점수의 범위는 17점에서 85점이며, 점수가 높을수록 감정 표현 정도가 높은 것을 의미합니다.
- 감정 표현을 잘하는 사람일수록 인간관계에 대한 만족도와 삶에 대한 행복도가 높을 수 있습니다.

욕구 강도 프로파일

미국의 임상심리학자이자 정신과의사로서 현실치료Reality Therapy와 선택이론Choice Theory를 창안한 윌리엄 글래서William Glasser는 욕구가 선천적으로 타고난다고 했습니다. 그렇다면 나와 상대방이 어떤 사람이고 어떠한 욕구needs, want가 있는지 알면 도움이 되겠죠. 나를 잘 아는 방법에는 여러 가지가 있습니다. 가장 쉬운 방법 중 하나가 심리검사입니다. 윌리엄 글래서가 만든 〈욕구 강도 프로파일〉은 성인용, 청소년용, 어린이용 3가지가 있습니다. 나의 욕구 5가지를 나누어보고 그 우선 수위에 따라 욕구를 파악해 보는 것입니다. 옳고 그름, 좋고 나쁨을 확인하는 검사가 아닌 '내가 원하는 것'을 알아보는 검사입니다. 편안한 마음으로 너무 오래 생각하지 말고 답해보시기 바랍니다. 5가지 욕구 종류의 우선순위에 따라 나와 상대를 이해하고, 서로 갈등 요소를 찾아내는 데 도움이 될 수 있습니다.

아래 질문에 답하고 점수를 체크 해보세요.

• 전혀 그렇지 않다 (1점) • 별로 그렇지 않다 (2점) • 때때로 그렇다 (3점) • 자주 그렇다 (4점) • 언제나 그렇다 (5점)	
A 1. 돈이나 물건을 절약한다.	1 - 2 - 3 - 4 - 5
2. 돈으로 살 수 있는 것에 각별한 만족을 느낀다.	1 - 2 - 3 - 4 - 5
3. 건강유지에 관심을 가지고 있다.	1 - 2 - 3 - 4 - 5
4. 균형 잡힌 식생활을 하려고 노력한다.	1 - 2 - 3 - 4 - 5
5. 성적인 관심을 지니고 있다.	1 - 2 - 3 - 4 - 5
6. 상식이나 규범에서 벗어나지 않으려 한다.	1 - 2 - 3 - 4 - 5
7. 안정된 미래를 위해 저축하거나 투자한다.	1 - 2 - 3 - 4 - 5
8. 부득이한 경우가 아니면 모험을 피하고 싶다.	1 - 2 - 3 - 4 - 5
9. 외모를 단정하게 가꾸는 데 관심이 있다.	1 - 2 - 3 - 4 - 5
10. 쓸 수 있는 물건을 버리지 않고 간직한다.	1 - 2 - 3 - 4 - 5
B 1. 나는 사랑과 친근감을 많이 필요로 한다.	1 - 2 - 3 - 4 - 5
2. 다른 사람의 복지에 관심이 많다.	1 - 2 - 3 - 4 - 5
3. 타인을 위한 일에 시간을 낸다.	1 - 2 - 3 - 4 - 5
4. 장거리 여행 때 옆자리의 사람에게 말을 건다.	1 - 2 - 3 - 4 - 5
5. 사람들과 함께 있는 것을 좋아한다.	1 - 2 - 3 - 4 - 5
6. 아는 사람과는 가깝고 친밀하게 지내는 편이다.	1 - 2 - 3 - 4 - 5
7. 배우자가 내게 관심을 가져주기 바란다.	1 - 2 - 3 - 4 - 5
8. 다른 사람이 나를 좋아해 주기 바란다.	1 - 2 - 3 - 4 - 5

	9. 다른 사람들에게 친절하게 대하는 편이다.	1 - 2 - 3 - 4 - 5
	10. 배우자가 나의 모든 것을 좋아해 주기 바란다.	1 - 2 - 3 - 4 - 5
C	1. 내가 하는 가사나 직업에 대해 사람들로부터 인정받고 싶다.	1 - 2 - 3 - 4 - 5
	2. 다른 사람(가족)에게 충고나 조언을 한다.	1 - 2 - 3 - 4 - 5
	3. 다른 사람(가족)에게 무엇을 하라고 잘 지시한다.	1 - 2 - 3 - 4 - 5
	4. 옳다고 생각되면 강하게 주장한다.	1 - 2 - 3 - 4 - 5
	5. 사람들에게 인정받고 싶다.	1 - 2 - 3 - 4 - 5
	6. 잘못된 일에 대해서는 불편한 마음을 강하게 표현한다.	1 - 2 - 3 - 4 - 5
	7. 내 분야에서 탁월한 사람이 되고 싶다.	1 - 2 - 3 - 4 - 5
	8. 집단에서 지도자가 되고 싶다.	1 - 2 - 3 - 4 - 5
	9. 나는 스스로 가치 있는 인간이라고 느낀다.	1 - 2 - 3 - 4 - 5
	10 내 성취와 재능이 자랑스럽다.	1 - 2 - 3 - 4 - 5
D	1. 사람들이 내게 어떻게 하라고 지시하는 것이 싫다.	1 - 2 - 3 - 4 - 5
	2. 내가 원하지 않는 일을 하라고 하면 불편하다.	1 - 2 - 3 - 4 - 5
	3. 타인에게 어떻게 살아야 한다고 강요하면 안 된다고 믿는다.	1 - 2 - 3 - 4 - 5
	4. 인간의 자유로운 선택능력을 믿는다.	1 - 2 - 3 - 4 - 5
	5. 내가 하고 싶은 일을, 하고 싶을 때 하는 것이 좋다.	1 - 2 - 3 - 4 - 5
	6. 누가 뭐라고 해도 내 방식대로 살고 싶다.	1 - 2 - 3 - 4 - 5
	7. 누구나 인생을 살고 싶은 대로 살 권리가 있다고 믿는다.	1 - 2 - 3 - 4 - 5
	8. 뭔가를 끝까지 하거나, 한곳에 오래 머무는 것이 어렵다.	1 - 2 - 3 - 4 - 5

	9. 배우자의 자유를 구속하고 싶은 생각이 별로 없다.	1 - 2 - 3 - 4 - 5
	10. 나는 열린 마음을 가지고 있다.	1 - 2 - 3 - 4 - 5
E	1. 큰 소리로 웃기 좋아한다.	1 - 2 - 3 - 4 - 5
	2. 유머를 사용하거나 듣는 것이 즐겁다.	1 - 2 - 3 - 4 - 5
	3. 나 자신에 대해서도 웃을 때가 있다.	1 - 2 - 3 - 4 - 5
	4. 유익하거나 새로운 것을 배우는 것이 즐겁다.	1 - 2 - 3 - 4 - 5
	5. 흥미 있는 게임이나 놀이를 좋아한다.	1 - 2 - 3 - 4 - 5
	6. 여행하기를 좋아한다.	1 - 2 - 3 - 4 - 5
	7. 독서를 좋아한다.	1 - 2 - 3 - 4 - 5
	8. 영화나 음악 감상을 좋아한다.	1 - 2 - 3 - 4 - 5
	9. 호기심이 많다.	1 - 2 - 3 - 4 - 5
	10. 새로운 방식으로 일하거나 생각해 보는 것이 즐겁다.	1 - 2 - 3 - 4 - 5

구분	A	B	C	D	E
욕구	생존 욕구	사랑과 소속 욕구	성취 욕구	자유 욕구	즐거움의 욕구
점수					

욕구 강도 프로파일 - 청소년용

아래 질문에 답하고 점수를 체크 해보세요.

	전혀 그렇지 않다 (1점)	별로 그렇지 않다 (2점)	때때로 그렇다 (3점)
	자주 그렇다 (4점)	언제나 그렇다 (5점)	

	질문	점수
A	1. 돈이나 물건을 절약한다.	1 - 2 - 3 - 4 - 5
	2. 돈으로 살 수 있는 것에 각별한 만족을 느낀다.	1 - 2 - 3 - 4 - 5
	3. 나의 건강에 관심을 가지고 있다.	1 - 2 - 3 - 4 - 5
	4. 균형 잡힌 식생활을 하려고 노력한다.	1 - 2 - 3 - 4 - 5
	5. 각자의 성(남자, 여자 답고 싶다)에 관심을 가지고 있다.	1 - 2 - 3 - 4 - 5
	6. 상식이나 규범에서 벗어나지 않으려 한다.	1 - 2 - 3 - 4 - 5
	7. 돈이 있으면 저축을 하는 편이다.	1 - 2 - 3 - 4 - 5
	8. 부득이한 경우가 아니면 모험을 피하고 싶다.	1 - 2 - 3 - 4 - 5
	9. 외모가 단정해 보이는 것이 좋다.	1 - 2 - 3 - 4 - 5
	10. 쓸 수 있는 물건을 버리지 않고 간직한다.	1 - 2 - 3 - 4 - 5
B	1. 나는 사랑과 관심을 많이 필요로 한다.	1 - 2 - 3 - 4 - 5
	2. 다른 사람의 고민이나 상황에 관심이 많다.	1 - 2 - 3 - 4 - 5
	3. 친구를 위한 일에 시간을 낸다.	1 - 2 - 3 - 4 - 5
	4. 새 학기 처음 만난 친구에게 말을 건다.	1 - 2 - 3 - 4 - 5
	5. 사람들과 함께 있는 것을 좋아한다.	1 - 2 - 3 - 4 - 5
	6. 아는 사람과는 가깝고 친밀하게 지내는 편이다.	1 - 2 - 3 - 4 - 5
	7. 선생님이 내게 관심을 가져주기 바란다.	1 - 2 - 3 - 4 - 5

	8. 다른 사람이 나를 좋아해 주기 바란다.	1 - 2 - 3 - 4 - 5
	9. 다른 사람들에게 친절하게 대하는 편이다.	1 - 2 - 3 - 4 - 5
	10. 부모님이 나의 모든 것을 좋아해 주기 바란다.	1 - 2 - 3 - 4 - 5
C	1. 내가 하는 일을 사람들로부터 인정받고 싶다.	1 - 2 - 3 - 4 - 5
	2. 다른 사람이나 친구에게 충고나 조언을 잘 한다.	1 - 2 - 3 - 4 - 5
	3. 다른 사람이나 친구에게 무엇을 하라고 잘 지시한다.	1 - 2 - 3 - 4 - 5
	4. 옳다고 생각되면 주장하고 이루어내려 한다.	1 - 2 - 3 - 4 - 5
	5. 사람들에게 칭찬 듣는 것을 좋아한다.	1 - 2 - 3 - 4 - 5
	6. 친구가 무리한 부탁을 할 때 거절할 수 있다.	1 - 2 - 3 - 4 - 5
	7. 내가 하는 일에서 최고가 되고 싶다.	1 - 2 - 3 - 4 - 5
	8. 집단에서 리더가 되고 싶다.	1 - 2 - 3 - 4 - 5
	9. 내가 속한 집단이 내가 원하는 방향으로 나아가기 원한다.	1 - 2 - 3 - 4 - 5
	10 내가 이룬 것과 재능을 자랑스럽게 여긴다.	1 - 2 - 3 - 4 - 5
D	1. 사람들이 내게 어떻게 하라고 지시하는 것이 싫다.	1 - 2 - 3 - 4 - 5
	2. 내가 원하지 않는 일을 하라고 하면 싫다.	1 - 2 - 3 - 4 - 5
	3. 타인에게 어떻게 살아야 한다고 강요하면 안 된다고 믿는다.	1 - 2 - 3 - 4 - 5
	4. 누구나 자유롭게 선택할 수 있도록 존중해 주어야 한다.	1 - 2 - 3 - 4 - 5
	5. 내가 하고 싶은 일을, 하고 싶을 때 하는 것이 좋다.	1 - 2 - 3 - 4 - 5
	6. 다른 사람 눈치 보지 않고 내가 하고 싶은 대로 살고 싶다.	1 - 2 - 3 - 4 - 5

	7. 누구나 인생을 자기 뜻대로 살 권리가 있다고 믿는다.	1 - 2 - 3 - 4 - 5
	8. 한 가지를 오래 하는 것이 어렵다.	1 - 2 - 3 - 4 - 5
	9. 친구의 의견이 나와 달라도 존중한다.	1 - 2 - 3 - 4 - 5
	10. 계획된 일이 다르게 진행되어도 크게 상관없다.	1 - 2 - 3 - 4 - 5
E	1. 큰 소리로 웃기 좋아한다.	1 - 2 - 3 - 4 - 5
	2. 유머를 사용하거나 듣는 것이 즐겁다.	1 - 2 - 3 - 4 - 5
	3. 나 자신에 대해서도 웃을 때가 있다.	1 - 2 - 3 - 4 - 5
	4. 유익하거나 새로운 것을 배우는 것이 즐겁다.	1 - 2 - 3 - 4 - 5
	5. 흥미 있는 게임이나 놀이를 좋아한다.	1 - 2 - 3 - 4 - 5
	6. 여행하기를 좋아한다.	1 - 2 - 3 - 4 - 5
	7. 독서를 좋아한다.	1 - 2 - 3 - 4 - 5
	8. 영화나 음악 감상을 좋아한다.	1 - 2 - 3 - 4 - 5
	9. 호기심이 많다.	1 - 2 - 3 - 4 - 5
	10. 새로운 방식으로 일하거나 생각해 보는 것이 즐겁다.	1 - 2 - 3 - 4 - 5

구분	A	B	C	D	E
욕구	생존 욕구	사랑과 소속 욕구	성취 욕구	자유 욕구	즐거움의 욕구
점수					

욕구 강도 프로파일 - 어린이용

아래 질문에 답하고 점수를 체크 해보세요.

• 전혀 그렇지 않다 (1점) • 별로 그렇지 않다 (2점) • 때때로 그렇다 (3점) • 자주 그렇다 (4점) • 언제나 그렇다 (5점)		
A	1. 돈을 아껴 쓴다.	1-2-3-4-5
	2. 돈이 생기면 모으거나 저축한다.	1-2-3-4-5
	3. 몸이 아프면 낫기 위해 열심히 노력한다.	1-2-3-4-5
	4. 밥을 먹을 때는 골고루 먹으려고 한다.	1-2-3-4-5
	5. 학교의 규칙을 지키는 것이 편하다.	1-2-3-4-5
	6. 선생님이나 부모님이 싫어할 만한 일은 하지 않는다.	1-2-3-4-5
	7. 하던 대로 하는 것이 편하다.	1-2-3-4-5
	8. 위험해 보이는 일은 하지 않는다.	1-2-3-4-5
	9. 옷이나 머리를 깔끔하게 하는 것이 좋다.	1-2-3-4-5
	10. 쓸 수 있는 물건을 버리지 않고 간직한다.	1-2-3-4-5
B	1. 관심과 사랑을 받지 못하면 힘들다.	1-2-3-4-5
	2. 친구에 대해 궁금한 것이 많다.	1-2-3-4-5
	3. 친구가 도움이 필요할 때 잘 돕는다.	1-2-3-4-5
	4. 힘들거나 불편한 사람을 보면 도와주고 싶은 마음이 든다.	1-2-3-4-5
	5. 사람들과 함께 있는 것을 좋아한다.	1-2-3-4-5
	6. 친한 친구와 자주 만나고 이야기도 많이 한다.	1-2-3-4-5

	7. 나누어 주는 것을 좋아한다.	1 - 2 - 3 - 4 - 5
	8. 다른 사람이 나를 좋아해 주기 바란다.	1 - 2 - 3 - 4 - 5
	9. 친구에게 친절한 편이다.	1 - 2 - 3 - 4 - 5
	10. 친구들과 함께 모여 놀거나 과제를 하는 것이 편하다.	1 - 2 - 3 - 4 - 5
C	1. 내가 한 일에 대해 인정받고 싶다.	1 - 2 - 3 - 4 - 5
	2. 다른 사람이나 친구가 잘못 했을 때 잘못에 대해 말한다.	1 - 2 - 3 - 4 - 5
	3. 다른 사람이나 친구에게 무엇을 하라고 잘 시키는 편이다.	1 - 2 - 3 - 4 - 5
	4. 놀거나 뭔가를 결정할 때 내 의견으로 정해지면 좋겠다.	1 - 2 - 3 - 4 - 5
	5. 쉽지 않은 상황이라도 내가 원하는 것을 하고 싶다.	1 - 2 - 3 - 4 - 5
	6. 친구가 무리한 부탁을 할 때 거절할 수 있다.	1 - 2 - 3 - 4 - 5
	7. 내가 하는 일에서 최고가 되고 싶다.	1 - 2 - 3 - 4 - 5
	8. 모든 친구들이 내 말대로 따라주면 좋겠다.	1 - 2 - 3 - 4 - 5
	9. 어른도 잘못 생각할 때는 말해줘야 한다고 생각한다.	1 - 2 - 3 - 4 - 5
	10 내가 해낸 것과 능력이 자랑스럽다.	1 - 2 - 3 - 4 - 5
D	1. 선생님이나 부모님이 나에게 뭔가를 시키면 부담스럽다.	1 - 2 - 3 - 4 - 5
	2. 친해도 가끔 만나는 것이 좋다.	1 - 2 - 3 - 4 - 5
	3. 좋은 것도 강요하면 안 된다고 생각한다.	1 - 2 - 3 - 4 - 5
	4. 누구나 자유롭게 선택할 수 있도록 존중해 주어야 한다.	1 - 2 - 3 - 4 - 5

	5. 내가 하고 싶은 일을, 하고 싶을 때 하는 것이 좋다.	1 - 2 - 3 - 4 - 5
	6. 나 혼자 있는 시간이 필요하다.	1 - 2 - 3 - 4 - 5
	7. 정해진 계획이 불편하다.	1 - 2 - 3 - 4 - 5
	8. 한 가지를 끝까지 하는 것이 어렵다.	1 - 2 - 3 - 4 - 5
	9. 친구의 의견이 나와 달라도 괜찮다.	1 - 2 - 3 - 4 - 5
	10. 수업이나 놀이가 계획과 다르게 진행되어도 괜찮다.	1 - 2 - 3 - 4 - 5
E	1. 큰 소리로 웃기 좋아한다.	1 - 2 - 3 - 4 - 5
	2. 유머를 사용하거나 듣는 것이 즐겁다.	1 - 2 - 3 - 4 - 5
	3. 나 자신에 대해서도 웃을 때가 있다.	1 - 2 - 3 - 4 - 5
	4. 새로운 것을 배우는 것이 즐겁다.	1 - 2 - 3 - 4 - 5
	5. 흥미 있는 게임이나 놀이를 좋아한다.	1 - 2 - 3 - 4 - 5
	6. 여행이 좋다.	1 - 2 - 3 - 4 - 5
	7. 독서를 좋아한다	1 - 2 - 3 - 4 - 5
	8. 영화를 즐겨본다.	1 - 2 - 3 - 4 - 5
	9. 호기심이 많다.	1 - 2 - 3 - 4 - 5
	10. 새로운 방식으로 일하거나 생각해 보는 것이 즐겁다.	1 - 2 - 3 - 4 - 5

구분	A	B	C	D	E
욕구	생존 욕구	사랑과 소속 욕구	성취 욕구	자유 욕구	즐거움의 욕구
점수					

각각 항목별로 점수를 합산해서 순위를 매겨보세요. 그 순위가 욕구 강도를 의미합니다.

- 욕구 강도 프로파일은 자기 보고식 검사로(자신이 생각하는 자신에 대해서 점수로 파악하는 검사) 긍정성이 높은 사람이라고 해서 점수가 높게 나오고 부정성이 높은 사람이라고 해서 점수가 낮게 나오지 않습니다. 긍정적이고 부정적인 것과는 무관합니다.
- 점수가 높을수록 해당하는 욕구가 높고 윌리엄 글래서William Glasser는 이 욕구는 선천적이라고 말했습니다. 물론 이 검사만으로 모든 것을 알 수는 없습니다. 기본적인 욕구를 파악하는 데 도움이 되는 자료로 참고하시기 바랍니다.
- 각 욕구에 해당하는 점수가 대체로 30점 이하로 나온 사람은 무기력해진 상태일 수 있습니다. 좀 더 의욕적으로 살기 위해 어떤 것이 필요하고, 어떻게 하면 좋을지 생각해 볼 필요가 있습니다.
- 모든 항목이 40점이 넘는 사람은 어떤 부분에서의 욕구를 조금은 줄여야 심리적 안정감과 평화를 찾을 수 있습니다.
- 〈생존 욕구〉와 〈즐거움의 욕구〉가 둘 다 30점 이상으로 높은 사람은 두 가지 욕구 사이에서 혼란스럽거나 갈등을 경험할 수 있습니다.
- 〈자유 욕구〉와 〈소속의 욕구〉가 둘 다 30점 이상으로 높은 사람은 두 가지 욕구 사이에서 혼란스럽거나 갈등을 경험할 수 있습니다.

- 욕구가 동기화되어 행동으로 실현되고 결과가 원하는 대로 나올 때 사람들은 욕구가 충족된 감정을 느낍니다.
- 욕구 수준은 높은데 동기화가 되지 않아서 현실에서 실현이 되지 않을 때 사람들은 대체로 욕구가 충족되지 않은 감정을 느끼게 됩니다.
- 욕구 수준을 실현 가능한 수준으로 조금 내리거나 자신의 욕구 수준에 맞게 동기화해서 현실에서 자신의 욕구를 실현하는 것이 편안하고 행복해지는 방법입니다.

어른도 함께 쓰는 어린이 감정일기

초판 1쇄 발행 2024년 5월 31일

지은이 조연주
펴낸이 박경애
편집 박경애, 정천용
표지 디자인 정은경
내지 디자인 윤미정
표지 내지 삽화 유자

펴낸곳 자상한시간
출판등록 2017년 8월 8일 제 320-2017-000047호
주소 서울시 관악구 관천로 20길 27, 201호
이메일 vodvod279@naver.com

ISBN 979-11-982403-6-1 03800